Underdanige Kvinder

Erika Sanders

Underdanige Kvinder

Erika Sanders

Serie

Underdanige Kvinder

Synopsis

Den består af følgende romaner:
    Underdanig
    Fantastic Girl
    Afklædningslegen
    Underdanig Latinsk Kvinde

Underdanige Kvinder er en historie med stærkt erotisk BDSM-indhold og til gengæld også tilhørende samlingen **Erotisk Dominans og Underkastelse**, en serie af romaner med højt romantisk og erotisk BDSM-indhold.

(Alle karakterer er 18 år eller ældre)

Bemærkning til forfatter:

Erika Sanders er en internationalt kendt forfatter, oversat til mere end tyve sprog, som underskriver sine mest erotiske skrifter, væk fra sin sædvanlige prosa, med sit pigenavn.

Indeks:

UNDERDANIGE KVINDER
ERIKA SANDERS

11

UNDERDANIG

Jeg vil have dig.

Alt om dig.

Fra top til tå og alt derimellem.

Din krop, dit sind, din sjæl.

De pletter, du hader, gør jeg ikke.

Jeg elsker hver eneste del af dig, lige som du er.

Især den røv.

Jeg vil være sammen med dig.

Hele tiden.

Det er lige meget, hvor du er.

Mit sind vandrer, udløst af en tanke eller et billede.

En sang.

Dine initialer på en nummerplade.

Et simpelt ord sagt i forbifarten, som har en særlig betydning for jer begge.

En fremmed, der bærer hår som dig.

Klæd dig som dig.

Jeg ønsker at høre din stemme.

Når du kalder mig med dine kæledyrsnavne.

Fortæl mig, at du elsker mig, du savner mig.

Beskriv hvordan din dag var.

Spørg mig om mit og giv mig din mening.

Del hvad vi laver eller planlægger.

Selv det hverdagsagtige.

Forfør mig sent om aftenen, mens jeg ligger nøgen i sengen i mørket, og du er milevidt væk.

Vær hård ved mig, når jeg bliver forkælet og tuder for at lægge telefonen på for at sove eller gøre klar til arbejde.

Jeg vil gerne se din indretning åbne skriftligt.

Jeg nyder alle nye beskeder og billeder.

Jeg gennemgår tidligere samtaler.

Jeg kan huske, at når vi ikke er fysisk sammen, tænker du stadig på mig.

Det kan være der med et strejf af fingrene.

Dine ord er stærke, selvom der ikke er nogen lyd; De rører ved mig i baggrunden, som om du havde sagt dem direkte i mit øre.

Jeg vil gerne diskutere mine romaner med dig.

Giv mig venligst ideer, mens vi brainstormer plottet og karakternavnene.

Eliminer problemområder.

Bliv svimmel af fansens kommentarer og meninger.

Formild min vrede og forvirring, når ansigtsløse og hjerteløse læsere kritiserer mine historier uden god grund.

Og jeg fortsætter med at skrive en anden dag med din opmuntring.

Jeg vil gerne tæmmes af dig.

At lave mad og lave husarbejde.

Gør ærinder.

Gå til dans, se en film og tag på ture.

Bare smyg dig og tag en lur på sofaen i en regnfuld weekend.

Kalder mig ivrig efter at elske under stakke af tæpper i sengen hele dagen.

Sover i hinandens arme om natten og vågner så ved siden af hinanden om morgenen.

Brusebad sammen.

Hav sminkesex, når vi slås.

Jeg vil gerne kysses af dig.

Gentagne gange.

Både ømt og brat.

Du ved, hvordan man gør grin med mig.

Gør mig tilfreds.

Væk mig med dine læber, tænder og tunge.

For at få mig til at græde og stønne.

Anmod om.

Min krop ryster.

Jeg vil gerne lave kinky ting med dig.

Deltag i måltider og arrangementer.

Få venner i din livsstil.

Deltag i seksuelle spil til fester.

Opdag flere hemmelige ønsker.

Slip vores hæmninger.

Udforsk vores mørkere sider.

At bringe hinanden til toppen af højderne og så trøste hinanden, når vi falder til det laveste af de lave.

Jeg ønsker at blive domineret af dig.

Han knurrede, fordi jeg er din.

Du får min puls og min vejrtrækning til at stoppe, når jeg hører dine ordrer.

Stille eller brat, begge situationer får mig til at rødme.

Jeg vil virkelig gerne have, at du holder mig fast mod væggen med din pik mellem mine ben, presset mod min fisse.

At du beordrer mig til at kneppe dig ... kun at komme når du siger det.

Jeg har intet andet valg end at give efter, når du torturerer mine ører, nakke og bryster med din mund.

Eller når jeg mærker dine hænder på min krop, mens du gør krav på dine.

Mit bryst svulmer af stolthed, når du siger, at jeg er en "flink pige" til at gøre, hvad du vil.

Jeg vil gerne bindes af dig.

Fysisk.

Mentalt.

Med dine hænder, håndjern eller reb.

Mine håndled holdt i dit greb over mit hoved eller fastgjort til hovedet af sengen.

Forsnævrede ben, sammen eller adskilt.

Mine bevægelser og reflekser kontrolleres.

Enhver chance for at røre dig elimineret.

Et bind for øjnene, så jeg ikke kan se, hvad du vil gøre ved mig.

Jeg vil gerne kneppes af dig.

Nøgen og overvældet under din krop, mens du fejer mig væk.

At være fri for begrænsninger uden berøring fra nogen af jer, bare bruge dine ord til at få mig til at vride og stønne, mens du ødelægger mit sind lækkert.

Eller de enkle, lette berøringer, som du har fundet frem til flere orgasmer, uanset hvor du stryger min krop.

Jeg vil have, at du bruger mig.

At blive slæbt fra et sted til et andet efter behag.

Overvældet, når jeg kæmper.

Min bare røv hamrede, mens du holdt om mig.

Mit legetøj brugt på mig ... af dig.

Din hånd greb om mit hår i nakken.

Tryk let på min hals, mens du kigger mig ind i øjnene.

For at minde mig om, hvem der har ansvaret.

Jeg vil adlyde dine regler.

Når du er uden for min rækkevidde, giver de mig noget at fokusere på.

De er defineret med min bedste interesse for øje.

Jeg ved, at du vil blive disciplineret i overensstemmelse hermed, hvis jeg bryder dem.

At du stoler på, at jeg er ærlig over for dig, når jeg har været ulydig.

Jeg vil have dig til at trøste mig.

Nusset mod dig, når jeg er overvældet eller har en dårlig dag.

Mit hår kærtegnede og kyssede med mit hoved indlejret under din hage mod dit bryst.

Rolig af dine ord og dine arme omkring mig.

Rokkede, indtil eventuelle tårer stopper.

Jeg vil gerne tage mig af dig.

At kramme dig, når du er trist, træt eller syg.

Jeg vil være din styrke, en at støtte mig til, for selv en Dom kan have svage øjeblikke.

Som din underordnede er jeg her for dig i enhver situation, hvor du har brug for mig.

For at behage dig eller lindre din smerte.

Jeg vil have alle disse ting og mere til.

Fordi jeg er underdanig på den måde.

Som din dominerende...

FANTASTIC GIRL

FØRSTE DEL
ROBERT OG MONICA

For seks år siden

Vi er i foråret, skolebørn venter spændt på sommerens ankomst, ture, kærlighedsforhold. Alles tanker er ikke på bøgerne, men på hvad de vil gøre, når lektionerne er slut.

I en klasse som mange andre sidder Monica og Robert ved skriveborde. De har kendt hinanden siden det første år. De er venner.

HUN: Monica; 15 år; datter af 2 bønder; mørkt hår, mørke øjne.

Kendetegn: smuk; naturen har været meget generøs over for hende: et pragtfuldt ansigt, to eventyrøjne, glat og fejlfri hud, en smuk, tonet og velformet krop, bryster, der endnu ikke er udviklet, men imponerende for deres fasthed; Hertil kommer den kendsgerning, at hun siden hun var barn altid har haft for vane at komme i skole til fods eller på cykel, i betragtning af hendes forældres dårlige økonomiske situation, som rejser kilometervis hver dag; desuden hjalp hun ofte og villigt sine forældre med arbejde på marken; når hun kunne, kunne hun godt lide at slappe af ved at svømme i den lille sø i nærheden af sit hjem. Resultatet er en smuk pige, som tager pusten fra dig bare for at se hende på afstand.

Hun er ikke særlig god i skolen, hun kan ikke lide at studere meget. Til gengæld udmærker hun sig i alle sportsgrene – ikke engang drenge kan stå imod hende.

Hun håber på at tage eksamen, finde et ærligt job til at hjælpe hende, finde hendes drømmedreng, stifte familie senere; hendes drøm ville dog være at blive en etableret atlet. Af denne grund, når hun kan, træner hun, løber, svømmer, dyrker gymnastik alene på banen (uden at have råd til et fitnesscenter).

HAN: Robert, 15, søn af 2 universitetsprofessorer; brunt hår, blå øjne. Han arvede et ekstraordinært sind fra sine forældre; Han kunne få karakterer over gennemsnittet uden at studere, men hans forældre vil ham det bedste: siden han var barn tvang de ham til at studere 4 forskellige sprog og forhindrede ham i at have et rigtigt socialt liv; resultatet er en meget intelligent, men genert og indadvendt dreng;

Hans jævnaldrende driller ham ofte for hans fysiske udseende: ikke særlig høj, lidt fed, absolut nægtet for enhver aktivitet, der ikke kun kræver ræsonnement, en fysik, der ikke længere er exceptionel, yderligere ødelagt af år brugt i bøger og på pc'en. Han har aldrig haft en kæreste, og han er klar over, at det vil være svært at finde en, i betragtning af hans vanskeligheder med at forholde sig til andre; han har altid været lidt resigneret.

Din første skoledag .

De er begge forsinket, de sidder ved den eneste frie disk; for ham er det kærlighed ved første blik; han har aldrig set et sådant væsen; at være tæt på hende får ham til at blive i den syvende himmel; dog er han klar over, at han aldrig kan få det. Han forbereder sig allerede på at se hende, mens han skal sidde et andet sted, da hun smiler til ham og beder ham forklare en formel, som han ikke har forstået: han smiler på skift og forklarer formlen med en afvæbnende naturlighed.

De bliver venner; Monica ser i ham en øm og følsom dreng, en ven; der skabes en slags stiltiende aftale mellem dem; Robert bliver en slags skole-"tutor" og sparer ikke på at prøve at få hende til at lære de sværeste fag: for ham er det en drøm at have hende i nærheden.

De mødes ofte om aftenen for at studere sammen.

Monica indser i sin naivitet ikke den følelse, som Robert føler; på den anden side ser alle drengene på hende på en vis måde, og han, som er mere forbeholden, slipper ikke ud, hvad han føler; ser ham som en ven og det er det.

Robert på den anden side begynder med tiden at forbande sig selv: Fortæl hende, hvad han føler og risikerer at miste hende permanent eller fortsætte med at have hende sådan?

Eksamenstid - for tre år siden

Monica er blevet en endnu smukkere pige end før: nu er hun mere en kvinde. Hendes femininitet er tydeligst i hendes former, hendes pragtfulde ansigt mere dannet. Hendes atletiske evner har gjort hende til en komplet atlet på nationalt plan; Efter at have udmærket sig i alle pigesportsgrene i gymnasiet blev hun professionel gymnast; nu er hans mål at forsøge at afslutte gymnasiet med værdighed for at dedikere sig helt til sport.

Heri skylder hun meget til Robert, som hjalp hende meget, ofte endda lavede hendes kopi i hendes klassearbejde; faktum er, at hun ser ham glad for at hjælpe hende, og hun ser intet galt i det.

I sin naivitet indser hun ikke den følelse, han har for hende.

Også fordi hun i et par dage har været kærester med en dreng, som hun forelsker sig i ... jamen, det ser i hvert fald ud til, at hun er ved at blive forelsket, de klassiske ting, der sker i ungdomsårene. De mødes om aftenen og i weekenden, men det er ikke officielt endnu. Tiltrækningen mellem dem er stærk, de elsker næsten altid, der er en stærk forståelse.

Hun har ikke set Robert så tit på det sidste, han er ret fremme i sine studier nu, han har ikke brug for ham mere; Og så bliver det kedeligt

Robert voksede op, især i skolastikken. Han har vundet adskillige stipendier, især inden for informationsteknologi, elektronik og programmering.

Mange prestigefyldte virksomheder vurderer dig allerede til samtaler og jobtilbud.

Han er et geni, han lykkes meget godt med alt, hvad der er at tænke på.

Men han er ked af det.

Hans evner formår ikke at imponere kvinden i hans drømme, som nu er blevet en besættelse. I et desperat forsøg på at score point meldte han sig til byens fodboldhold i håb om at han kunne komme tættere på Monicas interesser ... med katastrofale resultater. Han forlod holdet og hånede Felix, kaptajnen.

Han er resigneret med tanken om at miste hende, da hun lærer at studere på egen hånd og frem for alt vil gå ind i sportens verden for at forlade sin.

Nogle gange oplever du, at du er vedholdende over for hende:

"Er du sikker på, at du ikke vil have mig til at give dig en hånd til din geometritest? Virkelig, jeg tror, du har brug for en hånd, alle har det svært ..."

Hun gør ham tavs "hør, lad være med at insistere, det er nok for mig alene, og jeg lærer også, tak, men insister ikke."

Disse er nu almindelige samtaler mellem jer to.

To år siden

Monica kan ikke lide at studere, især i slutningen af maj. Han foretrækker at svømme, gå ...

Robert ved, at han burde give op, men besættelsen er stærkere end ham.

Du kan ikke lade være med at søge på internettet efter alle de billeder af hende, der er downloadet fra atletiske artikler, hun har lavet sin egen personlige mappe.

Der er et meget tæt bevaret foto fra en artikel om regionale mesterskaber, hvor hun er portrætteret i al sin herlighed, svøbt i et stramt jakkesæt, der ikke overlader lidt til fantasien, taget under en kropsvægtsøvelse, mens hun laver en form for bridge, fremhæver dine former og muskler.

Dette kan ikke fortsætte.

Du skal gå til hende og tale med hende, give udtryk for, hvad du føler.

Du beslutter dig for at ringe til hende, for at lave en aftale, skal du absolut tale med hende:

...

Monica: "men jeg er ked af det, hvis det er så vigtigt, fortæl mig noget i telefonen"

Robert: "Nå, at sige det over telefonen er pinligt, lad os sige, det handler om os to, her er jeg ..."

Monica: Hvad!? Os begge to? Hør Robert, du og jeg er venner, intet mere, hvis det var det du ville fortælle mig, så undgå at komme!

... du ... du ... du ... du ...

Hun er synligt ked af det, hun har travlt den nat og kan ikke forstå, at Robert har været ved hendes side hele tiden med bagtanker; Og så på det seneste er han blevet for nøjeregnende

Robert er ødelagt.

Nu ved han, at han også har mistet hende som ven.

Han giver ikke op, beslutter sig for at gå til hende for at få afklaring, han vil i det mindste have mig til at tale med ham igen.

Du kender vejen, kun at den virker meget kort i forhold til det sædvanlige: hvad vil du sige? Hvordan vil talen begynde? Nu har du gættet sandheden og mistet den for altid. Hvordan kan det afhjælpes?

Da han nærmer sig indgangen til huset, hører han en strøm af vand i dammen ved siden af Monicas hus.

Robert ved, at han elsker at svømme om eftermiddagen for at holde sig i form.

Hun er stærkere end ham, i stedet for at banke på døren nærmer han sig dammen, med den hensigt at banke på hende.

"Monica..."

Du kan ikke høre det, det er under vandet.

Mens han svømmer, når Robert at se hende i al sin skønhed; hendes krop ser ud til at være lavet af marmor, men bevarer en utrolig sinuositet og femininitet. Den bevæger sig på vandet med ynde og kraft på samme tid.

I det øjeblik er han blandt træerne, og da han er ved at kalde på hende igen, ser han hende komme op af vandet ...

Hans stemme hænger i halsen.

Det har jeg aldrig set.

Hun er nøgen.

Han nærmer sig kysten, kommer ud i al sin pragt, vanddråberne trækker smukke stier over hele kroppen, mens han kommer ud og vrider håret. De fyldige, men faste bryster bevæger sig snoet sammen med brystmusklerne; I maven skiller de skulpturelle mavemuskler sig ud fra mange års træning. Benene er skarpe, lange, men også definerede og muskuløse. Hans krop er en hymne til perfektion. Da han nærmer sig kysten, ser Robert al sin nøgenhed og forbliver ubevægelig uden at kunne give en lyd fra sig.

Men noget uventet sker.

Hun er ikke alene.

Robert hører latter bag en busk, hvor Monica er på vej hen.

Nu har han mistet hende af syne, men han kan høre latter, nydelsesstøn og mere latter.

"Monica, jeg synes, du skal tale tydeligt med Robert, fortælle ham, at vi er sammen og lade være med at være ham utro, en pige som dig ville få nogen til at blive forelsket ..."

"Men jeg troede ikke, han havde bagtanker ... det er ... det er bare på det seneste, at han er blevet insisterende, uforklarligt jaloux, besiddende, det giver mig en masse problemer ... jeg ... jeg gør ikke ved, hvordan man fortæller ham, han ser ikke ud til at forstå. Måske skulle jeg have vidst det for længe siden. "

"Det er bedre at afklare så hurtigt som muligt, hvis du ikke gør det vil jeg"

"Bare rolig, er du jaloux? Hvordan kunne jeg føle noget for ham? Først troede jeg i det mindste, at han var venlig, venlig, men nu tror jeg, at jeg forstår hans sande hensigter; og så fysisk ... her ... han er frastødende ... bestemt ikke som dig ... "

De griner begge.

De holder op med at snakke og begynder at kysse og kramme igen.

Robert er simpelthen forstenet.

Efter alle disse år, hvor han har været tæt på hende ...

De ord afkøler ham.

Du vil gerne råbe din vrede og frustration til hele verden, men det ville være ubelejligt at gøre sig hørt i det øjeblik.

Det mest logiske er at gå væk i stilhed, og det er en beslutning, der næsten er klar i sindet.

Går han op ad kysten, med mange vanskeligheder, leder han efter en sti, der er mindre stejl end før; mens han gør det, snubler han over en gren med det resulterende dun.

"Åh, har du hørt det Monica?"

"Jeg tror det! Hvem kunne det være? Er der kommet nogen for at udspionere os?"

De klæder sig så lidt som muligt og vandrer gennem træerne på jagt efter den ubudne gæst.

Robert er på flugt, på dette tidspunkt begynder han at løbe snigende, men manden er på ham på få sekunder.

Han genkender i mørket anføreren for skolens fodboldhold.

Felix.

"Robert?"

"Hvad? Fortæl mig ikke, at du kom her for at udspionere os!"

"... nn ... nej ... venligst gutter, det er ikke sådan du tænker, Monica ... jeg ... jeg kom her bare for at tale med dig, jeg hørte en lyd og jeg kom til søen, du hørte mig ikke, men jeg ringede til dig... "

Et slag i kæben skærer ham brat af.

"Du er en slags ubrugelig orm, nu vil jeg lære dig at komme og spionere på MIN kæreste"

"... nej, Felix, tak..."

Et knæ til maven gør ham endnu mere tavs.

Robert er på jorden, hjælpeløs.

Men mere end den fysiske smerte er det den ulidelige ydmygelse, som han lider, der får ham til at lide.

Monica tager Felix i hånden, før hun slår ham igen.

"Stop, Felix!"

Robert har et pusterum. Monica vil måske lytte til ham, opmærksom på alle de eftermiddage, vi tilbragte sammen.

Intet er længere fra virkeligheden.

Hun går hen til ham, halvnøgen, i sit undertøj og en let tanktop, der stadig er våd til badeværelset.

Kontrasten mellem hende, høj, smuk, stærk, af en sund farve, lidt solbrændt ... og ham, på gulvet, bøjet over sig selv, tynde skuldre og arme, en mave, der vokser rundt om livet, en konsekvens af år står ud. fortid, studere.

Hun er over ham og ser hende som en engel til hans redning.

Et drømmesyn, han fantaserer om at kysse hende, køre sine hænder over den fantastiske krop, ligge på en øde strand med hende for evigt.

Monica bringer ham tilbage til virkeligheden. Hun løfter ham op med den ene hånd ved hans skjorte, ser ham lige i øjnene.

"Felix, det er nytteløst at få dine hænder snavsede med dette ingenting, at slå ham ville kun ende i problemer. Hvad angår dig, underart af bløddyr, tal aldrig til mig igen, jeg var så naiv at tro, at du var tæt på mig i mindelighed, men jeg ville have, at jeg straks skulle have forstået, hvad al din insisteren bestod af, jalousi, besættelse; Print denne stemme og dette ansigt godt ind i dit sind, for du vil aldrig tale til mig igen. Gudskelov, jeg tager afsted i næste uge , at gå til et sted, hvor jeg håber, at der ikke er nogen, der er villig til at tilbyde mig hjælp "uinteresseret" og derefter spionere på mig i mit privatliv ".

Vil forsvinde.

"Lad os tage hjem, Felix. "

Robert på jorden, ude af stand til at se sig tilbage, kravler hjem i en byge af tårer.

Den fysiske smerte mærkes næsten ikke.

ANDEN DEL
SONIA OG MONICA

31

3 år siden

Hende: Sonia, 18 år, hendes far arbejder som ansat, hendes mor er molekylærbiologilærer. To gode mennesker. Hun er ikke smuk. Petite, bleg, det betyder ikke meget, det er feminint nok, men det er bestemt ikke provokerende. Hun er en intelligent pige, som har arvet en stor passion for biologi og genetik fra sin mor.

Meget reserveret og ærbødig, hun har aldrig fået drenge, ikke så meget på grund af hendes fysiske udseende, ikke sprudlende men ikke forkasteligt, men fordi hun IKKE er interesseret i drenge.

Hans interesser er begrænset til læsning, forskning, genetik. En kold, beregnende og usocial pige.

Og af en subtil, medfødt og uforklarlig sadisme.

Det sker ofte, at han går til laboratoriet, hemmeligt fra sin mor, for at lede efter et dyr og torturere det uden nogen præcis grund. Han kan godt lide den følelse af magt over offeret og at se det mislykkede forsøg på at undslippe sin skæbne fra de stærkeste eksemplarers side.

Og takket være hans evne til at måle sin grusomhed, har han aldrig dræbt nogen.

Dine yndlingsofre er de mest vitale og robuste, så du kan prøve hårdere uden permanente konsekvenser.

I den forstand troede hun aldrig, at hun kunne torturere noget menneskeligt eksemplar, selvom ideen frister hende meget.

Indtil den dag.

Vi er i april for to år siden .

Sonia forbereder sig modvilligt på at følge gymnastiktimen med sine klassekammerater.

Dødelig kedsomhed plus en betydelig indsats.

På opvarmningsrunderne i gymnastiksalen kommer han altid bagud sammen med Robert, skolens know-it-all. Fra tid til anden taler de med hinanden, de udveksler to ord og taler om dit og dat. Det er klart, at de ikke føler nogen form for gensidig tiltrækning, de holder kun selskab i træningslokalet.

Hun finder ham meget intelligent og er enig med ham i mange aspekter af hverdagen.

Der er kun én ting, som han ikke forstår meningen: den følelse, han har for Monica, den gymnastiske, arrogante, dumme og frem for alt ufølsomme, der ses som "udnyttende" stakkels Robert. Han forstår ikke, hvordan en klog fyr kan blive drillet sådan og samtidig være vedholdende og stædig i sin besættelse.

Hans er ren foragt.

Der er dog noget, der forvirrer hans følelser: Monicas krop. Er det muligt, at naturen er så hånende, at den låser en så overfladisk, ufølsom og dum person i sådan en perfekt skal?

Nogle gange i omklædningsrummet indser hun, at han ser på hende længere, end han burde, men hun forstår ikke hvorfor.

Den dumme gymnastiktime er ved at være slut, bare at vente på den sidste øvelse på stangen og så til testen i biologitimen, som er overstået om ti minutter, af det sædvanlige geni Robert, og så alle de andre, som det vil tage lidt længere tid.

Det var den lille tæve Monica, der insisterede på, at hun ville klatre op på stangen, selvfølgelig jublet højt af alle andre.

Mens Sonia forbereder sig på at forsøge forgæves at klatre, slår Mónica hende ufrivilligt, hvilket får hende til at banke næsen mod stolpen med et generelt grin.

"Tys fyre, kom nu, lav denne øvelse hurtigt, vi er allerede forsinket ..."

"Undskyld..." siger Monica, og med en næsten dyrisk lethed klatrer hun til toppen og stiger så lige så hurtigt ned.

"Undskyld, dit forbandede fjols" ... det er det, Sonia tænker, men hun tænker bare. Mens hun klamrer sig til stangen og foregiver en forgæves indsats for at klatre, observerer hun Monica på den tilstødende stang: hvid T-shirt, mørke shorts (som i skoleuniformen), synlige trusser og bh. Når en del af shortsene går op, falder den på grund af kontakt med stokken, og blotlægger en sort rem og en del af hendes hvidlige balder, der trækker sig sammen med anstrengelse. På vej ned er det dog skjorten, der løftes, så navlen og den flade mave blottes. I det øjeblik han træder ned fra stangen, gør han gestus ved at løfte sin skjorte for at tørre sit ansigt, hvilket viser perfektion af hans underliv.

I det præcise øjeblik ser Sonia sig selv i sit laboratorium med sine instrumenter og Monica halvnøgen, svedig og pusten, immobiliseret på et bord med snore og stropper af alle slags, mens hun venter på, at hun skal udføre sit arbejde og forsøge at vride sig i forskellige måder som et forsøgsdyr ... "undskyldninger er ikke nok, din modbydelige tæve, nu lærer jeg dig uddannelse".

Hun havde hørt om orgasme fra sine kammerater, og faktisk havde hun strøg let over sig selv og følte en subtil fornøjelse.

Men i det øjeblik, at forestille sig den scene, mens hun klyngede sig til stangen, giver ham en ødelæggende fornøjelse, som om han skulle beherske sig for at undgå at skrige.

Siden den dag har hans liv ændret sig, han ser Monica som et potentielt offer for sine fantasier, og han nyder det.

Dyr er ikke længere nok.

Et par uger senere .

Hvor føler Sonia sig dum.

Hendes besættelse af Monica havde frataget hende klarhed.

Hun burde have forestillet sig, at ingen ville glæde hende med deres onde spil.

Og han skulle ikke have inviteret Monica hjem til sig.

Til gengæld gjorde han ikke modstand. På badeværelserne efter timen fandt han hende foran hende for så mange gange, og denne gang nøgen, mens hun gik i bad.

Mens Monica sæbede med lukkede øjne, spiste Sonias den krop i hver centimeter og misundte et øjeblik den svamp, som hun plejede at vaske sig med.

Da fantasien løb gennem hans hoved, lagde de andre piger mærke til Sonias fiksering og grinede.

De blev efterladt alene efter fem minutter.

Monica: "Hvorfor tager du så lang tid? Jeg troede, jeg var den eneste, der elskede et langt brusebad ..."

"... hvordan? Åh ja ... godt det er afslappende."

Han var ved at gå af og lukke for hanerne.

"Hej Monica, du har noget sæbe tilbage på din numse"

"Uh tak! Hvilken iagttagelsesånd! Nu forlader jeg, at jeg i aften har cross country løbet, hvis jeg også vinder med drengene, vil jeg sætte en ny rekord, du ved?"

"Hej, du er meget atletisk og også smuk"

"Tak" smiler han, han forestiller sig ikke ondskab fra mange mænds side, meget mindre en kvinde.

"Ved du i øvrigt, at mange atleter bruger elektrostimulation? Bruger du det?

"Nå, ikke lige nu, selvom jeg har hørt om det; jeg ved ikke meget om det."

"Virkelig? Vil du komme og se mig? Jeg har nogle apparater til biologistudier, du ved. Jeg kan lade dig prøve dem ..."

Hun var gået til hans hus.

Som to venner.

Sonia turde ikke fortælle ham, at hun brugte disse værktøjer til sine sadistiske lege med forsøgsdyr.

De havde låst sig inde på værelset.

"Nu. Klæd dig af ..."

"Undskyld?"

Sonia var ikke særlig omgængelig og forstod ikke, at nogle få omstændighedsord normalt er i god smag, før hun kom til sagen.

"Nå ... ja ... var du her ikke for at prøve elektrostimulatorerne? Jeg er nødt til at anvende dem overalt. Du kan blive i dit undertøj og din bh, hvis du vil."

Monica, lidt irriteret, begyndte at klæde sig af, da hun stort set kom for det, så hun skabte ikke ballade.

Sonia havde næsten mistet kontrollen, da hun løftede sin skjorte. Med næsten hjemsøgte øjne stirrede han på sit nye laboratorie-marsvin.

"... hør, jeg løb tredive kilometer i går, jeg er lidt træt, måske kunne vi ikke prøve dine ting først bare et sted og så se om det gør ondt?"

Tredive kilometer og hun er lidt træt, tænkte Sonia; en perfekt atlet; i dette eksemplar kan jeg teste alt og mere ... og allerede hans sind var fortabt i tanken om alt, hvad han kunne teste hos en kvinde som denne: træthedstests, langvarige stimuleringer af nydelse blandet med smerte, tærskelkontrol, smerte. ..

Hun blev afbrudt i sine tanker af Monica, der så hende som i trance

"Hej hej! Sonia, er du her sammen med mig?"

"åh ja selvfølgelig, lad os prøve det ... på balderne, okay"

"Buah ... På numsen?"

"Hvorfor? Er du flov? Kan jeg hjælpe dig ..."

Efter at have lagt masser af gel på elektroderne, arrangerede han dem meget omhyggeligt, næsten manisk, på balderne og en del af inderlåret.

Det virkede ikke rigtigt for Sonia, at hun ustraffet kunne røre ved dette dyr, og hun måtte lade være med at dvæle for længe på dets kød for at undgå at mistænkeliggøre hende. Men den stilling, hun var blevet placeret i, med benene adskilt, let foroverbøjet, med den ene hånd, der holdt hendes hår stille og den anden hvilende på natbordet, i hendes undertøj, gjorde det umuligt ikke at teste fastheden af hendes balder og inderlår.

Monica lagde mærke til dette og virkede en smule ked af det.

Så tog Sonia sig sammen.

"Ok, nu sender jeg dig 1 sekunds pulser på niveau 1"

Monica mærkede en snurren, men intet rørte sig.

Så gik Sonia direkte til niveau 3.

Monica mærkede hendes muskler trække sig sammen hvert sekund; Det overraskede hende i første omgang, så begyndte hun at finde det næsten behageligt.

Sonia så sine glutes og adduktorer trække sig sammen og begyndte at gå i krise. Han ville gerne have bedøvet hende, frataget hende det lille hun havde tilbage, bundet hende godt og gradvist nået niveau 10 i hele hendes krop.

Men det var en fantasi.

Han faldt næsten sammen, da han knap hørte et støn i sammentrækningsøjeblikket.

Var det muligt, at hun kunne lide ham?

Med mindre...

Han fik den usunde idé...

"Hør, siden jeg tror, du kan lide det, kan vi så prøve det på hele kroppen?"

"Nå ja, okay"

Placeringen af elektroderne varede mere end ti minutter.

Sonia ville nyde hvert øjeblik, den smukke krop rørte ved.

Han havde sat elektroder overalt.

Den mindste i biceps, triceps, kalve.

Dem der er lidt større i mave, ryg, bryst, lår, udover dem jeg allerede havde.

Med en utrolig undskyldning, idet han sagde, at han var nødt til at forbinde "udstyrsjord", fastgjorde han hende effektivt til en ramme, der blev brugt som en bøjle i laboratoriet.

Og han havde også fjernet hendes bh og sagde "bare for en sikkerheds skyld" hun var nødt til at placere sensorer i det område for hjerteslag. På denne måde viklede hun sine brystvorter med specielle elektroder og fastgjorde brystdelen til rammen.

Resultatet blev Monica bundet op i en X-form, med en praktisk talt nøgen krop, hvis ikke for hendes lille sorte rem, og elektroderne fastgjort til det meste af hendes krop, foran og bagpå.

"... men ... men ... jeg kan ikke bevæge mig"

"På denne måde kan jeg placere elektroderne, hvor jeg vil, og med strakte arme og ben vil dine muskler arbejde bedre"

Monica forstod ikke meget, og det virkede meget mærkeligt, men det stolede hun på.

Alle elektroderne var forbundet til en maskine, som Sonia manipulerede med eksperthænder.

Det startede med niveau 3 og 4.

Betaget af dette levende kunstværk doserede hun niveauerne og intervallerne efter behag og beundrede, hvordan alle Monicas muskler praktisk talt stod til hendes tjeneste.

Monica fandt dette lidt mærkeligt, men den fysiske fornemmelse var behagelig.

Der var dog noget, der forstyrrede hende i Sonias øjne, hun virkede nærmest ekstatisk.

"Nå, interessant, Sonia." Jeg spurgte dig ikke, hvor længe disse sessioner normalt varer. Nej, jeg fortæller dig, fordi jeg har en date i aften, og jeg vil ikke have...

Hun blev bragt til tavshed af en gag, som Sonia, midt i ekstasen, satte den voldsomt ind i munden på hende, hvilket gjorde hende endnu mere immobiliseret mod strukturen.

"Hold kæft tæve!"

Monica, næsten vantro, forsøgte at befri sig selv, men uden held. Fra gaggen udsendte hun næsten dyrelyde, af ukontrolleret raseri, da Sonia nærmede sig hende.

Han begyndte at slikke hende, kysse hende, nappe hvert eneste punkt på hendes krop.

Og det, der ophidsede hende mest, var udbruddene af oprør og afsky i hendes marsvin.

I de næste fem minutter hævede han niveauet til 7 og så hendes muskler trække sig unaturligt sammen, og sveden øgede elektrodernes ledningsevne yderligere.

Monica gik fra humør først til vantro vrede, derefter til panik og til sidst ... næsten til ophidselse. Hvordan var det muligt at blive tændt af sådan en fordærvet kvinde? Desuden fortalte hans krop i voldsomme spasmer ham noget andet.

Sonia havde bemærket, at remmen var blevet våd og smilede djævelsk. Han kom hen og begyndte at lege med remmen for at fjerne den.

Monica ønskede dog desperat at komme ud af den situation, og fornuften sejrede.

Med en utrolig indsats lykkedes det ham at bryde en del af metalstrukturen og frigøre sin højre hånd.

Så fjernede han gagen og begyndte at skrige med det mulige åndedræt i halsen og flåede alle elektroderne af.

Sonia fandt hende fri foran hende og fik et spark i ansigtet, der fik hende til at besvime.

Monica flygtede i panik med sit tøj.

I et øjebliks klarhed tænkte han på at alarmere politiet, når han kom hjem.

Nu er Sonia og Monica på politistationen.

Monica havde sagsøgt Sonia for seksuelle overgreb og fortalte sandheden i alle detaljer. Sonias hus var dog isoleret, og ingen havde set hende gå i den tilstand, og ingen havde hørt hende skrige. Derudover var historien ikke særlig troværdig, for politiet fandt det mærkeligt, at en stærk kvinde som hende blev immobiliseret af en tynd som Sonia.

Og så havde "behandlingen" ikke sat spor på hans krop, som nu var ved perfekt helbred.

Sonia bandede sig selv.

Hvad var der sket ham?

Angribe hende sådan her.

Det var bestemt en drøm at have hende, selv i et par minutter, men nu?

Monica vil aldrig stole på hende igen.

Spot af ledsagerne og folkets meninger interesserede ham ikke. Det, der generede hende mest, var at have mistet kontrollen og blevet kastet ud i en farlig situation.

Han kunne bestemt ikke have forudset, at det rasende udyr ville bryde en del af metalrammen, men med sådan en fysik ...

Hun lovede sig selv, at hun i fremtiden ville være tusind gange mere forsigtig. Fordi hun stadig er fast besluttet på at gøre sin fantasi til virkelighed.

For øjeblikket begrænser hun sig til at håndtere den ubehagelige situation: I mangel af beviser er det hende, der beskylder Monica for at have angrebet hende med et spark efter næsten at have klædt hende af for at forføre hende. Udgaven af Sonia, med hendes udseende som den typiske pige med gode manerer, og fra en god familie, båret af såret på læben forårsaget af Monicas spark, er mere sandsynligt i politiets øjne, der antager et angreb fra Monica efter et afslag fra Sonia.

Efter flere dages undersøgelser, afhørt folk, ender alt i et dødvande på grund af manglende beviser.

Sonia udstøder et befriende lettelsens suk inden i sig selv; efter at have antaget et bange og indigneret udtryk foran kommissærerne . Når han først er udenfor, ser han Monica direkte i øjnene med et ondt og lystigt smil, som om han ville sige: Så du, dumme hore, hvad er jeg i stand til? I hans øjne er du næsten mere skyldig end mig. Vid, at du før eller siden bliver MIA ...

Monica undrer sig.

Han indser, at han har handlet naivt og hensynsløst.

For blot et par dage siden opdagede hun, at Robert, hendes medstuderende, havde bagtanker og kom for at udspionere hende, mens hun var intim med Felix.

Og nu immobiliserer denne klassekammerat hende for at torturere hende. Heldigvis havde han styrken til at frigøre sig, ellers ... prøv ikke at tænke på, hvad der kunne være sket. Udover den tilstand af ophidselse, da hun var hjælpeløs prisgivet den gale kvinde?

Hellere ikke tænke på det og tænke på din fremtid som atlet, gå tilbage til træning.

Og uden elektrostimulatorer ...

Lille parentes

En uge efter kendsgerningen.

Monica delte sin version med sine klassekammerater/venner. Mange mennesker tror Monica, hun er en meget elsket og respekteret pige, ikke kun et objekt af misundelse og begær.

Sonia har ingen venner, hun er en genert pige. Som et resultat er han ligeglad med folks nedsættende udseende. Han gik tilbage til at spille sine små spil med forsøgsdyr og marsvin.

I dag er der planlagt en dagstur til parken.

Hun vil være alene og se drengene og pigerne spøge rundt, spille spil og bejle til hinanden, inklusive Monica.

Mærkeligt nok den dag, efter at have svømmet i søen i parken, begyndte en gruppe piger at mødes med hende for at tale om dit og dat.

Sammen går de en tur i skoven.

Når de kommer i nærheden af et støjende vandfald, holder de op med at tale.

Sonia er bange for hendes usandsynlige venners udseende.

"Nu skal du have en lille lektion"

Hun bæres på vingerne, ude af stand til at gøre oprør, bag en sten, bange.

Monica venter på hende bag klippen.

"Det er alt for dig, Monica, giv hende en god lektion, vi bliver ved indgangen for at forhindre nogen i at nærme sig, selvom stedet er næsten ukendt; om cirka tyve minutter kommer vi tilbage efter dig; god fornøjelse."

Sonia er i en tilstand af terror.

Den imponerende og smukke figur af genstanden for hendes ønsker skiller sig ud en meter fra hende. Men det er ikke det, du gerne vil have. Sonia vil gerne have hende bundet, på hans nåde, nu er de alene og kun Gud ved hvad der vil ske.

Monica tager sine shorts og T-shirt af og bliver i bikini.

Han nærmer sig Sonia, der et øjeblik ser hende som en elsker og falder på knæ for at beundre hende.

Da han ser Monica sådan, tænker han ikke længere, han gør gestus af at kysse hendes navle.

Som svar får han et spark i maven.

"Bliv nu nøgen, BITCH"

Uden at forstå hans hensigter adlyder han uden tøven.

"Fuldstændig"

Monica tager også sit nyeste tøj af.

"Få ikke mærkelige ideer, tøs, jeg vil ikke få mit tøj vådt"

De to piger, nøgne, er en åbenlys kontrast mellem dem; skønhed og grimhed, styrke og skrøbelighed, sprudlende sensualitet og skamfuld generthed.

Monica trækker hende i håret mod vandfaldet og kaster hende i vandet og dykker efter hende.

Han tager hende i nakken og løfter hende op.

"Nu i disse tyve minutter vil jeg have en lille hævn, tæve, og jeg håber, især for dig, at du aldrig taler til mig igen ... åh, bare rolig, jeg vil ikke efterlade synlige tegn for dig at rapportere mig"

Sonia ser på sit tidligere marsvin med nostalgi og beundring.

Mens hun er bøjet med hænderne om halsen, er hendes øjne fulde af vrede. I bestræbelserne på at løfte hende trækker han hver eneste muskel i sin storslåede krop sammen.

Sonia ser Monica i al sin pragt og i al sit raseri, selvom situationen er omvendt, sammenlignet med sidste gang.

I løbet af de næste 20 minutter dunker Monica Sonias hoved flere gange og presser hende til det yderste. Mens han holder den, slår han den også et par gange. Du skal lufte din vrede over at have lidt den følelse af sårbarhed, som du følte i horens hus. Og frem for alt på grund af den meningsløse begejstring, han havde følt.

Selv i dette øjeblik undrer han sig over, hvorfor han skulle klæde sig helt af, badedragten ville være tørret i varmen.

Og ved at være nøgen og alene med det perverse væsen, bliver hun ophidset igen.

Dette irriterer hende endnu mere, hvilket får hende til at holde hovedet under vandet et par øjeblikke længere, end hun burde.

Sonia suger vand og begynder at hoste krampagtigt.

Monica stopper og samler sig.

I disse minutter lider Sonia fysisk, men hun ved tydeligvis, at Monica bare vil lære hende en lektie. Og det beroliger hende. Og at se det udyr i al dets raseri, tænder hende og tænker på, hvad det kan gøre ved ham, hvis han er i den rigtige tilstand.

"Gå nu væk"

siger Monica, lidt chokeret over den uforklarlige følelse, hun følte lige før.

Sonia ser på hende, klæder sig på og spekulerer på, om Monicas brystvorter er så oprejste på grund af det kolde vand eller af andre årsager.

Øjnene mødes, og Sonia har igen det djævelske lys i øjnene.

-Jeg vil have det-

Monica tænker på Sonia.

Hun går, hostende og skyder morderiske blikke på "vennerne" på vagt.

Monica ved, at hendes venner slutter sig til hende, når hun råber af dem.

"Lad hende være!"

Vennerne forstår det svære øjeblik og trækker sig tilbage.

I vandfaldets ensomhed finder Monica sig selv i at kæmpe med sine instinkter.

Hun er nøgen i vandet; I nyere tid har begivenheder med Robert og Sonia fået ham til at forstå, hvor meget deres chokerende skønhed påvirker mennesker.

Han føler sig næsten skyldig.

Og ubehageligt.

Hun føler sig observeret.

Han vender sig mod toppen af vandfaldet.

En snigende skygge flygter og trækker sig tilbage i en busk.

Monica, der stadig er chokeret over, hvad der skete, når med et vidunderligt hop hurtigt bushen på toppen af vandfaldet og formår at fange den intetanende "beundrer" ... Robert.

"Hvordan? Dig igen?"

Monica er i ærefrygt over, hvor meget mere og mere hun er genstand for uønsket opmærksomhed.

Robert har intet at sige, denne gang ved han, at han tager fejl, og det er fuldstændig uforsvarligt.

Monica, midt i et ukontrolleret raseri, slår ham med to næver og klemmer hans nakke med kraft.

"For pokker! Kan du vide, hvad du vil have af mig? Jeg vil bare have, at du lader mig være i fred. Var lektionen i søen ikke nok for dig?"

Robert, ude af stand til at reagere, er på jorden. Hans elskedes hænder griber om halsen, mens hun sidder oven på ham, nøgen over ham. På trods af den farlige situation, når han ser den vilde skønhed, kan han ikke lade være med at strække hænderne over Monicas nøgne krop, blive tændt, nu har han intet at tabe.

Monica forstår næsten ikke situationen, og da hun bemærker en umiskendelig bule i drengens boksere, frastødt af personens udseende, giver hun ham et fast spark i de nederste dele, hvilket forårsager ham ubeskrivelig smerte.

Situationen med hende nøgen på en dreng på gulvet, kombineret med begivenhederne fra lige før, fremkalder igen en mærkelig begejstring hos pigen, næsten fascineret af hendes kraft og styrke og af den effekt, hun har på mennesker.

Med kraft skubber han tanken ud af hans sind og flygter og efterlader en fysisk udslettet Robert på jorden.

Det, der lige er sket med ham, det voldsomme spark, forårsager ulidelig smerte i hans underdele.

Objektet for hans begær er mere og mere uopnåeligt for ham, og han falder lavere og lavere

På det seneste havde han fundet ud af, hvad der skete mellem Sonia og hans lystobjekt.

Dette generer ham meget. Frem for alt undrer han sig over, hvordan Sonia formåede at overbevise Monica om at fryse sådan. Så historien om elektrostimulatorer ... han skammer sig ved at blive ophidset bare ved at tænke på det.

Han føler en vis misundelse over den mærkelige slanke og grimme pige med en passion for genetik: han troede, han havde hende, om end bare for et par minutter og på en ond måde.

Og hvor meget ville han have givet for at være alene med hende i det hus, med hende helt nøgen og bundet?

Men hvad tænker han på? Nej, at tænke på disse ting vil kun skade dig.

Værdig resignation er bedre.

TREDJE DEL
MONICA OG HENDES KOSTUME

47

2018 - Sporten

Ingen, der har set Monica i de senere år, hendes krop, hvad hun er i stand til, selv i konkurrence med fyrene, ville være den mindste i tvivl om, at hun har alle rettigheder til at blive en atlet på absolut niveau. Som 21-årig ser det næsten ud til, at han til tider overskrider fysikkens love. Det overraskende ved hende er, at hun udmærker sig både i discipliner, hvor der kræves styrke (såsom kuglestød, spydkast) og i hurtighedsdiscipliner såsom løb; Hun formår at komme foran sorte atleter i rene fartdiscipliner, hvilket forårsager forundring, beundring og endda misundelse fra atleterne omkring hende.

Svømning giver ham mulighed for at holde sig i form, men selv i denne disciplin udmærker han sig og formår at følge med de fleste af drengene.

Den disciplin, hvor han formår at kombinere alt med exceptionelle resultater, er stangspring, så meget, at han fokuserer mere på det speciale, med en smule fortrydelse over ikke at kunne konkurrere i alle discipliner (hvilket han sagtens kunne).

Hendes forhold til Felix sluttede for længe siden, på trods af den tiltrækning, hun følte, kunne hun ikke bære hans jalousi; på den anden side forstår hun, idet hun ser sig selv i spejlet, at ingen mand kan lade være med at beundre hende. Men det er bedre på denne måde, i det øjeblik har hun det godt med sig selv og fri.

Kun fra et fagligt synspunkt mangler der noget. Det er rigtigt, at hun forbereder sig til de olympiske lege, som allerede er ret berømt, at hun er blevet foreslået at gå, stille op til kalendere ... alligevel føler hun sig nærmest fanget af det liv med træning og løb.

Vil gerne have mere tilfredshed.

Superheltens fødsel

På en søndag som enhver anden, efter at have tilbragt en lørdag på et diskotek med venner og en vidunderlig kærlighedsaften med en dreng, hun mødte samme aften, ser hun fjernsyn og er fascineret af en serie, hvor tre smukke piger klæder sig ud i en tights. kulør og ... de stjæler.

Monica har ingen økonomiske problemer, selvom hun ikke sejler i guld, men hendes lyst til at prøve nye følelser hersker.

En aften tager hun en stram mørkegrå badedragt på.

Du bærer den uden noget under.

Forbered også en ansigtsbeklædning, som også er tætsiddende.

Din første "mission" er at udforske byen.

Hvordan gør man det uden at blive set?

Hans atletiske evner kommer ham til hjælp ... og det samme gør hans akse.

Fra boligens vindue kommer hun klokken 2 om morgenen lydløst ned uden at blive opdaget, også hjulpet af jakkesættets farve.

Selvom han ikke kan ses godt sådan, beslutter han sig for at krydse de mindre befærdede områder.

Tage er de nemmeste steder at få alt under kontrol.

Monica er tilfreds med sig selv: ideen om at hoppe fra loft til loft ved hjælp af en stang, ud over at give hende mulighed for at have situationen under kontrol, giver hende mulighed for at træne endnu mere (som om hun havde brug for det).

Efter den første nats patruljering kommer der flere, men indtil videre virker det mere som en leg.

En nat indser han, at en gruppe kriminelle bryder ind i et supermarked.

Sund fornuft fortæller dig at advare myndighederne ... men dit mod sejrer.

Med et fantastisk hop lander han på taget af supermarkedet.

Han sniger sig ned gennem et vindue for at se fire mænd i skimasker tømme kasser.

Hun ved ikke hvorfor hun kom derind, hvad kan hun gøre nu? Måske bare nysgerrighed eller lysten til at teste dig selv.

Hans bevægelser bliver hjulpet af, at lyset er slukket, og de kriminelle ikke er opmærksomme på hans tilstedeværelse. Men der sker noget uventet: Den, der ser ud til at være chefen, siger noget til sin partner, som går hen til instrumentbrættet og tænder alle lysene: han har tydeligvis bemærket hans tilstedeværelse.

Med hjertet i halsen sidder Monica på hug bag køledisken og forsøger hurtigt at vinde udgangen.

En af de fire ser det!

"Hej, du stopper..."

Monica forsøger at flygte fra manden, og det lykkes hende, idet hun er meget hurtig; Hun beslutter sig for at gå tilbage til vinduet som hun kom ind igennem, hun har allerede placeret flere meter mellem hende og manden, da hun rundt om et hjørne møder chefen og en anden, begge med en pistol rettet mod hende.

"Game over"

Nu er der fire omkring hende, og Monica forbander sig selv for sin hensynsløshed og dumhed.

"Fortæl mig nu, hvem du er, og hvad laver du her, imens med hænderne på hovedet"

Nu hvor Monica er med hænderne over hovedet, fremhæver den stramme jumpsuit hendes bugtede former, hendes fyldige og faste bryster, hendes formede balder, hendes muskuløse arme, det faktum, at hun er bange, mere end trætheden ved at løbe, får hende til at trække vejret hurtig og åndenød. Mærk mobbernes øjne på hende.

"Du er en kvinde, hva? Interessant, nu mens jeg peger denne pistol mod dig, tag det søde kostume af, start med dit ansigt, jeg vil gerne se dig i ansigtet"

Monica ved ikke, hvad hun skal gøre ... tyvene har skimasker, kameraerne er ikke et problem for dem, men hun ... hendes genkendte ansigt, hendes foto i aviserne, hendes ødelagte karriere, latterliggørelse af mennesker .. ... er forstenet og ude af stand til at tænke klart.

"Nå på dette tidspunkt ... I to, hold hende fast."

De to nærmer sig hende og tager hendes arme og holder dem fast bag hendes ryg; hun frygter det værste.

"Boss, hun er lidt højere end os, og se på hendes arme ... ville det ikke være bedre at binde hende?"

"Nok, husk at vi er fire, og at hun bare er en kvinde, kujon"

Chefen nærmer sig med pistolen spids og gestikulerer for at fjerne masken.

Monica, på dette tidspunkt, følger sit instinkt, strækker et stærkt knæ mod de nederste dele af manden, kaster med kraft de to, der holdt hende mod væggen, og tager dem af hende som to kviste. Så tager han fat i chefens ømme hoved og kaster det mod væggen mod det rum, der rettede pistolen mod ham.

Med et hop er han på dem begge, han tager våbnene og skubber dem, begynder at slå og sparke de uheldige to, hvilket får dem til at besvime.

De resterende to, dem der holder hendes arme, kaster sig over hende med to jernstænger. Den første neutraliseres af et spark mod næsen, men den anden formår at ramme Monica i maven; vantro ser han, at pigen mærker slaget og falder sammen et øjeblik, men i et sekund er hun på benene og afvæbner ham. Nu er han den eneste, der ikke er bevidstløs, men er rædselsslagen: hvem kunne komme på fode igen efter sådan et slag?

Monica griber ham i nakken og slår ham mod en væg. Hun er selv fascineret af hans styrke og kraft. Hun husker situationen, følelsen med ryggen mod væggen, med fire mænd mod sig, hvoraf to er bevæbnede, deres grådige blikke mod hendes grå jakkesæt, bevidstheden om at vinde, de ophidser hende igen ... den samme følelse som havde plaget hende for nogle år siden. Tingen generer hende, hun klemmer offerets hals hårdt ...

Sirener afbryder alt.

Monica indser faren for at blive opdaget og flygter hurtigt.

"Vent ... men hvem er det, den ting klædt i gråt, det lignede en kvinde ... gutter, kom her, der er fire bevidstløse røvere på jorden, tjek det ud."

Monica er meget hurtig, adrenalin hjælper hende.

Nåede loftet, brug stangen til at hoppe fra den ene til den anden, lyden af sirenerne forsvinder.

Da han når et tyndt befolket område, stiger han ned fra hustagene og begynder at løbe i rasende fart med stok i hånden mod boligen.

Mirakuløst bliver hun ikke opdaget og falder ind på sit værelse med stor lettelse.

Hun er lidt chokeret, men hun er okay.

Men hvad sker der med hende?

Han vil gerne forstå.

Hun går hen til spejlet, tager sin maske af, hun er stadig i forklædning.

Han tager også sit grå jakkesæt af og ser på sin nøgne krop; hun er svedig af at løbe. Hendes minder flyver til hendes første "patrulje", derefter til mødet med tyvene, våbnene pegede på hende, hendes ødelæggende reaktion ... og for et par år siden igen ... den onde pige, der immobiliserer og torturerer hende. Og se den tvangsfrigivet ... den der holder pigens hoved under vandet, den der slår "voyeur" Robert.

Det iagttages, mens hendes hånd går for at kærtegne sig selv, ruller på gulvet, klemmer hendes bryster hårdt ... og opnår en fornøjelse, som hun aldrig har oplevet før.

Hun er ked af det.

Ikke engang glad.

Men han kunne godt lide at gå rundt i byen om natten ...

Dagen efter nyheder og aviser fortæller om historien, vises en video, hvor hun klædt i gråt, kaster sig over forbryderne og flygter, gentagne gange på forskellige stationer og på internettet.

"Når tyvene bliver spurgt, afslører de, hvordan dette" grå spøgelse "kom ud af ingenting, og hvordan hans ekstraordinære styrke gjorde det muligt for ham at slå dem ud... nu hepper folk allerede på en usandsynlig superhelt" "Fantastic Girl", er navnet mere populær ... hvem er det? Hvorfor gør han dette? Hvordan kan det være så stærkt? Alle de spørgsmål, der i øjeblikket ikke har noget svar ... "

Når hun læser artiklen, smiler Monica, vel vidende at de ikke kan spore den tilbage til hende.

Fantastic Girl kan lide...

Selvfølgelig vil politiet lede efter hende, hun er stadig en, der ikke respekterer lovene, går ned ad vinduerne i supermarkeder om natten og tager retfærdighed på egen hånd ...

Han beslutter sig for at vente et par uger, før han "går ud" igen.

December 2018 - The Capture

Det er et par måneder siden, at Fantastic Girl blev født.

Monica er forbløffet over, at et eksternt udvalg på campus har samlet en række 16- til 35-årige piger, med stor fysisk styrke, mere eller mindre af samme højde og teint.

Udnævnelsen er på atletikbanen, hvor der laves en række piger, så de en efter en kommer ind og sætter sig i et lokale, veksler et par ord med en dame og går straks bagefter.

Monica er forvirret, men kommer stille ind i rummet.

En kvinde i halvtredserne sidder i stolen med en mærkelig mobiltelefon på bordet (den model har hun aldrig set før).

Nu genkender han kvinden, da han havde overværet hendes afhøring til episoden med Sonia.

Efter at have observeret Monica fra top til tå med et mærkeligt blik, spørger han hende om oplysninger, navn, adresse, alder osv. ...

Det sidste spørgsmål overrasker hende:

"Kender du Fantastic Girl?"

Monica er vantro, hvad er det for et spørgsmål?

Efter et øjebliks ubeslutsomhed:

"Nå ja, jeg ved, at hun er en slags superhelt, der for nylig 'overvåger' byen ..."

Damen afbryder hende.

"Nå, ja, faktisk er hun nyttig for samfundet, selvom hun stadig er fredløs; det er derfor politiet gerne vil afhøre hende, men hun virker ikke særlig tilbøjelig til at blive anholdt; det er en skam, politiet ville kan lide at samarbejde med hende ..."

"Jeg forstår det, men hvorfor kom du her?"

"Jamen det er enkelt, de små data vi har om Fantastic Girl er, at hun er en kvinde, at hun er stærk, høj, atletisk og opererer i denne region ... lad os sige, at vi tager data om potentielle heltinder, intet at bekymre sig om ... "

Damen kigger på mobiltelefonen.

"Er du en Fantastic Girl?"

Monica antyder et falsk smil.

"Men lad os ikke spøge, selvfølgelig ikke!"

Damen kigger på mobiltelefonen.

"Okay Monica, du kan gå."

Monica er bekymret, selvom de ikke har beviser for at finde hende.

I de seneste måneder har hun altid været forsigtig.

Hans patruljer var meget diskrete, kun da han stødte på noget alvorligt, såsom overfald, røverier, vold, greb han hurtigt og dødeligt ind: han husker ikke, hvor mange røvere, voldtægtsmænd og røvere, han havde slået ud med relativ lethed.

Flere gange løb hun ind i politiet, hvis formål dog var at anholde hende, men hun flygtede hurtigt.

I hvert fald forfulgte politifolkene hende som en talemåde, mere af pligt; sådan en i byen var jo belejlig for dem. Af denne grund virker det endnu mere mærkeligt, at en eller anden "udefrakommende kommission" gider at forstå, hvem Fantastic Girl er.

Og så virkede den dame meget, for sikker på sig selv.

Nå, under alle omstændigheder ville hun aldrig have opgivet det liv: der var for meget tilfredsstillelse, for meget adrenalin, hver gang hun tog det kostume på.

I de seneste måneder har han intensiveret sin træning og forbedret endnu mere (som om nødvendigt) sin styrke og frem for alt sin elasticitet.

Han vidste ikke, at hans krop kunne nå så langt, han havde opdaget mere skjult potentiale, udviklet muskler på områder, han aldrig havde forestillet sig.

Og når hun stille og roligt steg ned fra hustage for at overraske kriminelle og slå dem ud, selvom forsigtigheden tydede på noget andet, foretrak hun altid at blive opdaget, for så at vise sin styrke og slå fire-fem ud på samme tid. De ulykkeliges forbavselse, deres frygt og bevidstheden om deres magt forårsagede ham mærkelige fornemmelser, der ligner dem, han hadede, da han var sammen med Sonia eller Robert.

I aften var som enhver anden.

Tyve i et indkøbscenter.

Der er ingen skygge af en politipatrulje.

Det er deres øjeblik.

Han går ind og ser i mørket syv bevæbnede mænd.

Denne gang bliver det svært, men han har allerede fået flere af dem ned med sin ekstraordinære styrke og smidighed.

Og sådan sker det.

Da han dukker op ud af ingenting, fanger han de syv mænd på vagt og slår dem let ud.

Men han havde ikke set den ottende, som havde set scenen fra oven.

En pil stikker i hans arm; ingen havde nogensinde slået hende. Efter to sekunder er du allerede bevidstløs.

Den nat synes politiet ikke at give æren for, at de "fangede" Fantastic Girl, så meget, at de allerede diskuterer muligheden for ikke at afsløre, at hun allerede var bevidstløs på jorden for at tage æren og gå som helte.

Under alle omstændigheder sætter de hende i håndjern og tager hende med i cellen, mens de venter på at blive afhørt dagen efter.

Monica vågner i sin celle, i håndjern, i sit kostume og ... uden maske.

Hun er rasende, men på sig selv. For selvsikker og let i skuespil, for sikker i sine gymnastiske kvaliteter.

Nu vil hendes identitet blive afsløret for pressen, og desværre vil mange ting ændre sig for hende.

Jeg kunne høre vagterne skændes.

"Efter billederne af Fantastic Girl er offentliggjort, vil pressen sprede historien om, hvordan vi fangede hende; jeg ringede allerede til en journalistven, billederne er i arkivet. Jeg har lidt ondt af hende; men i mellemtiden efter hvad som hun gjorde for byen, vil ingen dommer have modet til at dømme hende, ikke engang til at betale en bøde. Det eneste er, at nu ved alle, hvem hun er. Monica G. er Fantastic Girl, hvem skulle have troet? nu forklarer vi fysisk styrke ...

Hej, stop, hvem er du? Ingen kan komme ind her... "

Et brag. Et slag. Endnu et brag.

Syv mænd i blåt jakkesæt går ind bevæbnet og åbner cellen og peger mærkelige våben mod den. En pil rammer hende, og hun besvimer.

Dagen efter i aviserne :

"SENSATIONALT: Fantastic Girl viser sig at være løftet om verdensatletikken Monica G., der af alle anses for nærmest at være en alien for sine atletiske gaver, ikke mindst for sin skønhed. Men på fangedagen lykkes det hende at flygte på en eller anden måde, måske med hjælp fra medskyldige. Faktum er, at hun neutraliserede to vagter og flygtede. Ingen finder hende, hun dukkede ikke op til træning. Politiet har allerede udstedt grænsealarm. Sandheden er, at før hun var en heltinde elsket af alle, efter at have dræbt to betjente er skyldig i mord ... "

FJERDE DEL
ROBERT OG SONIA

2018 - Karriere, medvirken

Hvem har ikke fantaseret om at være CIA-agent?

I den kollektive fantasi er det dem, der er afgørende for begivenheder af vital betydning som terror, angrebsforsøg mv.

I filmene behøver man for eksempel ikke engang at tale om det mere.

Agenter, mænd eller kvinder forberedte sig på hvad som helst, mere fysisk og intellektuelt begavede end andre, moralsk ufleksible og loyale over for deres hjemland.

Desværre (eller heldigvis, afhængigt af dit synspunkt) er tingene meget anderledes i den virkelige verden.

"Gruppen" har i første omgang intet navn og er ikke kendt af almindelige mennesker.

Selvfølgelig eksisterer CIA, den udfører mange af de aktiviteter, du ser i filmene.

Men den, der virkelig kontrollerer alt, kan ikke være der for alle at se.

Og den, der arbejder der, er alt andet end moralsk uforgængelig, ja, det modsatte søges.

Men lad os tage et par skridt tilbage.

2017 - Rekruttering

Sonia er ikke deprimeret, hun er "på hold" og venter på en gunstig situation.

Efter nonsensen med Monica undgår folk hende, i modsætning til den berømte atlet i byen.

Der går ikke en dag uden at bande den forbandede torsdag, han besluttede at invitere Monica.

Den dag oplevede han selvfølgelig også sit livs største følelse ...

På grund af den diskrimination, hun blev udsat for, måtte hun også kæmpe for at finde arbejde; derfor er hun forbløffet over interviewet givet i et konferencelokale på byens bedste hotel; han ved ikke, hvad det er eller navnet på virksomheden.

"Godmorgen Sonia"

"Hej".

En kvinde i halvtredserne hilser selvsikkert på hende med et mærkeligt lys i øjnene.

"Hvordan føles det at blive betragtet som en pervers sadistisk lesbisk af borgerne?"

"Jeg ... jeg gør ikke ..."

"Åh, Sonia, det nytter ikke at benægte det. Se, jeg var til stede på tidspunktet for klagen, da jeg fandt ud af klagens karakter, løb jeg til denne by og deltog i dit forhør. Se, du var meget klog i benægte og opfandt den historie. at DU afviste Monica, og hun slog dig. Men jeg havde det her ... "

En genstand, der ligner en mobiltelefon.

"Se, dette objekt indikerer uden mulighed for fejl, om en person lyver eller ej ... og Monica løj ikke, jeg forsikrer dig"

Sonia var vred.

"Se, jeg ved ikke, hvad han vil af mig, disse elendige bedragerier efterlader mig ligeglad; hans historie holder ikke engang; hvis det var, som han siger, ville han have været nødt til at gribe ind og arrestere mig efter afhøring, i stedet for droppe sagen på grund af manglende beviser"

"Og hvorfor skulle jeg det?"

"Men ... undskyld, er det ikke fra politiet? Hvad vil du have mig?"

"Føl dig godt tilpas, pige, nu skal jeg fortælle dig, hvem jeg er, og hvad jeg vil have; jeg er meget interesseret i din viden om genetik, forresten ... åh, fortæl mig om dig selv"

På cirka tredive minutter rydder det alt op.

Gruppen styrer verdens skæbne. Han gør det med en usynlig hånd. De midler og faciliteter, den ejer, er hemmelige. Ligesom de avancerede teknologier, de har, inklusive "sandhedstelefonen" set ovenfor. Ud over agenter spredt rundt om i verden har det et forskningscenter opdelt i flere afdelinger: teknik, fysik, genetik.

Biologi / Genetik Center beskæftiger sig med menneskelige eksperimenter af forskellig art. Takket være den risikable blanding, operationen, elektrochokket, har gruppen formået at skabe den perfekte soldat fra mennesket: de er fuldkommen sunde mænd og kvinder, der er vokset, siden de blev født i laboratoriet, men med en grundlæggende egenskab. : lydighed blind for overlegen; blottet for forskellige viljer og ønsker til at tjene gruppen.

I centrum er der talrige undersøgelser, der altid eksperimenterer, om træthed, modstand mod smerte, seksuelt instinkt. Disse eksperimenter udføres, kun til kognitive formål og afventende fremtidig udvikling, på uheldige fattige mennesker.

Marsvin udvælges med omhu: mennesker af begge køn, myndige, sunde og robuste i det omfang, det er muligt, til at modstå forskellige "behandlinger". Hovedsageligt atleter, soldater, fysisk stærke eksemplarer, selv fanger eller prostituerede er valgt. De heldige bliver brugt til reproduktion og tvunget til at parre sig med andre "rekrutter" gentagne gange. Andre bruges til træthedstests. Den mest uheldige for smertetærskeltest. Nogle særligt attraktive eksemplarer "beslaglægges" af ledelsen og bruges til fornøjelse for personalet.

Perfekt skabte soldater bruges til "rekruttering", ufejlbarlige soldater, der formår at udføre kidnapninger mesterligt. Emner er valgt fra de øverste lag af organisationen, som den mystiske kvinde er en del af.

Centerledere bliver ældre og kæmper for at følge med teknologien. En renovering er nødvendig.

Ledelsen valgte Sonia for to væsentlige egenskaber: biologisk-genetisk viden og hendes mangel på menneskelighed.

"Kære Sonia, jeg ved, at nu virker alt uvirkeligt for dig. Vid, at hvis du er en af os, vil du dedikere dit liv til os. Du får ikke brug for lønnen, fordi du vil leve i strukturen. Men den bedste belønning vil være , for dig, et fuldt udstyret område til dine eksperimenter, med så mange menneskelige og modificerede marsvin på din kommando. Jeg ved, du kan lide det, skam dig ikke. Vi spionerede på dig, mens du spillede dine "spil" med dyr. Kom her på samme tid i morgen, hvis du er en af os. Hvis vi ikke ser dig, betyder det, at du ikke er interesseret, og vi vil slette dit minde om dette møde ... ja, selvfølgelig kan vi det. Hvis du kommer med os vil du forsvinde og for dine bekendte eksisterer du ikke længere. Det sidste: vi vil ikke have verden i vores hænder Vi vil bare tjekke at ingen har absolut magt. Dette kræver ofre, selv uskyldige liv.

Farvel, eller rettere sagt, vi ses snart, Sonia.

Ah, jeg er medlem 231, spørg efter mig"

Sonia har en søvnløs nat. Han har allerede besluttet at acceptere, men han vil nyde sit "nej farvel" til sine forældre, til sine bekendte, og tænker på, hvor lidt han bekymrer sig om dem alle sammen; hans eneste beklagelse: vil han nogensinde få fingrene i Monica igen? Hvem ved?

Under alle omstændigheder forsvinder det uden støj ...

Næste dag ankommer han til aftalen med en rygsæk fuld af de få nyttige ting til en kvinde.

"Jeg håbede at se dig igen, Sonia. Hvis du har tøj i din rygsæk, siger jeg dig, at det ikke bliver nødvendigt, du vil finde alt, hvad du har brug for på vores kontorer."

"Okay"

"Tro mig, hvis du opfører dig, vil du blive belønnet med interesse ..."

Sonia forstår ikke meningen med sætningen, men hun stiger uden tøven på en helikopter.

Forskningscentrets hovedkvarter ser ud til at være midt i havet.

Sonia flipper næsten ud, da helikopteren går ned i åbent hav.

Pludselig, efter en radiokommunikation fra piloten, afsløres en ø for hans øjne.

Sonia er målløs.

"Tilsløringsanordninger, Sonia. Øen kan også lukkes og nedsænkes som en sikkerhedsforanstaltning, når ruten krydses af et skib, men det er sket én gang inden for de sidste otteogtredive år ..."

En ø af drømme, så stor som en metropol.

Masser af vegetation og grønne områder.

En imponerende struktur kan ses, hvor helikopteren er på vej.

Mens man zoomer ind, kan man se folk i blå uniformer pege mærkelige våben mod halvnøgne mænd og kvinder, der løber ned ad en indhegnet vej i voldsom fart.

"Du ser, de blå er genetisk modificerede mennesker; de har allerede fået kategorisk godkendelse til at adlyde betingelsesløst. Lige nu laver marsvinene en lægemiddelresistenstest for at se stoffets langsigtede virkninger; her er der i stedet for boligerne til administrationen, som du vil være en del af fra i dag, der er kun seks personer til at lede og drive centret, resten er modificerede mennesker eller marsvin. Jeg giver ordrerne til de seks, jeg gennemgår fremdriften i efterforskningen og informere mine overordnede. "

Sonia møder de andre seks medlemmer: George og Rachel, der nærmer sig pensionering, ansvarlige for henholdsvis de elektroniske/computere og biologiske/genetiske dele (som Sonia vil tage sig af). De øvrige medlemmer står for logistik, økonomi og forsyninger.

"Sonia, du skal arbejde sammen med Rachel i en måned, hvorefter hun vil nyde sit velfortjente otium, og du ... din velfortjente mission."

Smil.

Du har allerede lidt øvelse.

Den første dag efter at have "hyret" hende, sætter Sonia sig ind i procedurerne og udstyret. Rachel minder hende lidt om sig selv i den måde, hun håndterer marsvin, kold med et djævelsk grin.

Det overrasker ham, hvordan alle hans djævelske fantasier er en simpel realitet på det sted.

Se fascineret, mens en sort kvinde er lænket til en roterende mekanisme, helt nøgen i solen.

Tjorene trækkes, så marsvinet er i spænding. Operationen fuldføres af modificerede mennesker; på dette tidspunkt griber Rachel ind.

"Efter operationen, da den vil blive reduceret til en semi-vegetabilsk tilstand, vil den blive brugt til nogle andre tests. Det er en skam, jeg ville ønske jeg havde gjort det uden behandlingen, men det er proceduren. Jeg ville gerne have set, hvordan han reagerede på alle hans fakulteter, han har en rebelsk karakter, som jeg holder så meget af. Men du skal være tålmodig.

Havet er fyldt med fisk...

Det var udvalgt til testen, at vi udfører dette sorte marsvin. Carla, hedder hun, en 21-årig cubansk atlet, der løber 100m, 200m og også dyrker længdespring, en atlet med stort potentiale, som det kan ses på hendes krop. Selvom hun stadig ikke har haft en chance for at blive berømt, tilsyneladende "

Sonia observerer og lytter med morbid opmærksomhed til testens karakter.

Marsvinet blev immobiliseret i solen, bundet til denne enhed, der fungerer som et "spyt". Hendes hjertefrekvens blev overvåget med elektroder, Rachel havde påført forskellige områder, og hendes temperatur med prober placeret i hendes vagina og anus.

På den måde kan du se, hvordan marsvinet reagerer på soleksponering.

Testen udføres på mænd og kvinder af forskellige racer og aldre for at opnå statistiske data.

Rachel beundrer Nadias krop: høj, slank, muskuløs, uden en antydning af fedt og trods alt med ret store bryster. Hendes hænder og fødder var bundet i en X-form; spændingen i strengene fik hans muskler til at skille sig ud.

Selvfølgelig var hendes træk ikke kønne, ikke særlig feminine, og alligevel, selv som fysiker kunne hun ikke måle sig med Monica ... ahhh Monica, hvilke minder, hvem ved hvor hun er nu?

Sonia holder op med at tænke på Monica og ser på, mens Rachel koldt påfører elektroderne og sonderne.

De er ved at gå, men Sonia bliver et par minutter mere for at observere hunnen nøgen og bundet til solen, og funktionen af mekanismen, der får hende til at dreje langsomt.

Da de første svedperler dannes, kører han en finger under armhulerne, som for at kilde Carla, der blinker, en instinktiv trang til at slippe fri. Tingen morer ham, så han gentager handlingen og rører den under hans fødder, på hans underliv, på hans bryst. Det var interessant, hvordan maven skilte sig ud, selvom hun var "stram".

Rachel smiler.

"Kom, Sonia, vi skal afslutte dagens prøver, du vil have tid til at have det sjovt efter arbejde"

Nå, hun ville have taget længere tid, hun ville ikke have haft sådan et "rush".

Faktisk havde hun bemærket, at Rachel ikke brugte meget tid sammen med pigerne. Han foretrak at dvæle ved hannerne, han rørte meget ved dem, uden nogen skam, det var jo marsvin.

Dagen fortsatte med jævne mellemrum, og Rachel forklarede hende arbejdet mere og mere.

Om natten føres marsvinene til adskillelse af celler og fodres.

Ledelsen trækker sig tilbage til boligen, udstyret med alle bekvemmeligheder.

Middag serveret af modificerede mennesker er lækker.

Sonia passer nemt ind i gruppen.

Medlem 231 skåler for den nytilkomne.

"Nu er det tid til at trække sig tilbage til vores annekser. Nå, alle har det sjovt, som de foretrækker ..."

Et drilsk grin, rettet mod Sonia.

Rachel ledsager Sonia til værelserne.

"Hvad betød den latter om sjov? Jeg forstår ikke ..."

"Kom, Sonia, nu skal jeg forklare dig det."

Han tager hende med til en privat fløj i arrestrummet.

"Her er de marsvin, vi har valgt til vores 'underholdning'; selvfølgelig er de de mest attraktive eksemplarer. Vi kan gøre, hvad vi vil med dem, have sex, torturere dem eller bare holde dem lænket i rummet for at beundre dem".

Sonia observerer omkring tyve celler.

Logistikeren, en mand i fyrrerne, fed, skaldet, går til en mulattkvindes celle. Med et nik til en modificeret menneskelig mand går han bevæbnet ind i cellen.

"I aften er det din tur, ven; strip helt af"

Marsvinet, med skræk i øjnene, klæder sig nøgen. Hun er en ung mulatkvinde med to smukke grønne øjne. Hendes fysik er imponerende, næsten to meter høje, tilspidsede og muskuløse ben, faste og naturlige bryster, en fabelagtig krop.

Sonia vender sig mod Rachel.

"WHO?"

"En 22-årig danserinde. Vi valgte hende, fordi hun boede i en lille by, og det var meget nemt at hente hende; udover det er hun selvfølgelig smuk og fysisk begavet. I aften er det hendes tur til at sætte op med Paul: han er sadist, han kan godt lide at bruge pisken. Den er meget god til at give smerter uden at efterlade permanente skader. Under alle omstændigheder skal marsvinene den "brugte" hvile et par dage, før de genbruges. Bemærk ..."

En rektangulær enhed, der arbejder med små hjul, indføres i cellen; offeret blev bundet i en X-form af hænder og fødder. Hun græder. Det er klart, at hun ved, hvad hun kan forvente.

Paul går ind og undersøger langsomt sit bytte, kysser det, rører ved det, snuser til det.

"Lufter lidt, hvad fik du ham til i dag?"

"Ti miles af svømning om morgenen og halvtreds miles af løb om eftermiddagen."

"Retfærdigt"

Han tager en brandhane og leder den mod marsvinet. En stråle koldt vand rammer hende voldsomt. Så indsæber Paul hende grundigt og insisterer på brysterne og de private dele, mens hun forgæves forsøger at befri sig selv, mens hun ser den lille mand med foragt og rædsel.

Da det hele er overstået, skyller han hende af og beordrer de modificerede mennesker til at bære vognen med den bundne danserinde til hendes værelse.

Rachel går til mændenes fløj.

Han stopper foran en muskuløs blond drengs celle. Dette er en svensk "partner", som havde den uheld at have Rachel som klient, som, da han fandt ham særligt attraktiv, overtalte Medlem 231 til at "rekruttere" ham.

Fremgangsmåden er den samme, selvom han er lænket med undertøjet stadig på.

Rachel inviterer Sonia til at deltage.

Drengen er høj og muskuløs. De to kvinder ser på ham som et dyr. Den dag gennemgik han en intensiv elektrostimuleringsbehandling i hele kroppen.

Sonia bevæger sig bag ham og kører sine skarpe negle ned ad hans ryg, hvilket forårsager instinktive eksplosioner i drengen. Han kan godt lide at se muskler trække sig sammen med hans berøring. Han revurderer muligheden for at torturere mænd, mens han stadig foretrækker kvinder.

Rachel slutter sig til Sonia, og med kyndige hænder begynder de at drille og nappe ham fra alle sider.

Drengen sveder stadig af eftermiddagstrætheden, men Rachel vil helst ikke vaske ham; han kan lide dem, når de er lidt svedige.

Da de to kvinder står foran ham, og Rachel begynder at slikke ham på brystet, bemærker Sonia en umiskendelig bule i drengens undertøj.

Rachel er ikke en smuk kvinde i halvtredserne, men den elegante måde hun er klædt på og hendes manipulative evner gør den svenske stud begejstret. Sonia, taget som af ekstase, ophidset, men samtidig indigneret, giver ham en voldsom lussing og tager ham i håret.

"Hvordan vover du, dit beskidte dyr, få en rejsning? Du er ikke blevet oplært til gode manerer. Er det sådan man behandler en dame? Nu skal jeg få dig tæsk, indtil lysten forsvinder ..."

Rachel afbryder hende.

"Hej, tag det roligt; dette er MIT legetøj, glem det ikke; nu får jeg det bragt til mit værelse ..."

"Men ... men ... ok, undskyld; det er bare det, at jeg fik det indtryk, at han havde det for sjovt og derfor ..."

"Se, Sonia, det er ikke alle, der er så sadistiske. Jeg kan godt lide at drille dem, torturere dem lidt. Jeg kan ofte godt lide at tænde dem, onanere dem til orgasme og så afbryde mig umiddelbart på forhånd. Du skal se, hvordan de tigger, tror jeg for dem er det en af de største ydmygelser. Men nogle gange får jeg dem til at komme. Med hvem det er det værd ... ja her ... jeg har også forhold. Nu skal du ikke blive fornærmet, men jeg vil trække mig tilbage til mit værelse med ham.Du kan vælge, hvem du vil, her er de eneste obligatoriske regler: Løs dem ALDRIG, beskadig dem ikke permanent, dræb dem ikke.

Hej, tag svenskeren med til mit værelse.

Kom Sonia jeg vil se hvad du vælger"

Sonia går ned ad gangen og ser mange mandlige eksemplarer af forskellige racer, alle meget høje og attraktive.

Men hans fokus er på kvindefløjen.

"Hmm ... jeg burde have forstået, at han foretrak kvinder," tænkte Rachel smilende.

Der var mange piger, og meget attraktive; en med mørkt hår og øjne og en models krop minder ham vagt om Monica, selvom hun var mere vital, stærkere og smukkere; en desværre uopnåelig skønhed, til Sonias fortrydelse.

Så kommer der noget til at tænke på.

"Rachel, hvor er den norske svømmer?"

"Nå, hun er i behandling lige nu, du kan ikke tage hende med på værelset ..."

"Nej, her ... jeg vil bare gerne se hende"

"Okay"

De går et par etager under jorden og kommer til et rum, der kontrolleres af et dusin vagter.

Døren åbnes.

Nordmanden er immobiliseret i en X-formet seng, med stropper på ankler, lår, talje, hals, pande, biceps og håndled.

Han har en hvid jumpsuit. Der kommer forskellige tråde ud af dragten i forskellige dele af kroppen.

"Se, denne behandling har til formål at få hende til at lide i lang tid, men uden at forårsage fysisk skade; for dette overvåges hjerteslag og temperatur; hvis værdierne bliver kritiske, stopper den elektriske tortur og lader hende hvile; der er et kamera, der filmer alt, vil en del af videoen blive sendt til marsvinene som en advarsel.

I dette øjeblik, som jeg ser på computeren, har marsvinet netop udstået en sammenhængende cyklus på 47 minutter, som det kan ses på dets tunge åndedrag; om en halv time burde jeg starte igen"

"Her ... Rachel, jeg vil gerne blive her og se dig et stykke tid; jeg vil ikke gøre noget, jeg vil se, hvordan computeren håndterer elektriske stød."

"Nå, Sonia, alle har deres egen smag, det er din ret"

"Jeg vil gerne spørge dig om noget..."

"Fortæl mig"

"Her vil jeg gerne klæde hende af ... må jeg?"

"Åh, jeg skulle have gættet, hvor sjusket; lad os bare sige, at det jakkesæt, hun har på, ikke har nogen specifik funktion. Hun stripper sig ikke, fordi formålet med denne behandling er straffende, ikke for vores fornøjelse. Ok, du kan handle, som du vil ; modificerede mennesker er til din rådighed, husk at lade dem udføre immobiliseringsoperationerne, når det er sagt, at du kan lege med marsvinet, som du tror, behandlingen er automatisk. Hvad skal jeg sige, god aften, jeg har en halvnøgen og spændt svensker venter på mig, og i aften føler jeg mig inspireret, mmm ... jeg kunne sætte ham igennem kildemaskinen ... en dag skal jeg vise dig det, Sonia. Vi ses i morgen. "

Sonia ser ikke engang Rachel komme ud, hun har stirret sygeligt på nordmanden i et par minutter.

Nu er han alene med hende; vagter står til din rådighed uden for porten.

Du vil nyde disse øjeblikke langsomt.

"Jeg kender ikke engang dit navn tæve; Rachel har ret i at have ondt af dig. Dit vrede blik angiver et temperament, der ikke vil give op. Og sikkert er du stærk nok til at knække stålhåndjern, selvom de er defekte, og slå flere bevæbnede modificerede mennesker ud; selv om jeg er klædt som nu, kan jeg se, at du er tynd og stærk; men vi ordner det med det samme, jeg vil begynde at fjerne din top ... "

Behandlingen startede for mindre end et døgn siden, så pigen har stadig fuld kapacitet.

Hun har et muntert ansigt med fregner, blå øjne og en smuk farve på kinderne.

Fire vagter kommer ind og fortæller Sonia at flytte væk for en sikkerheds skyld.

"Tag bare toppen af nu, tak ..."

Beskytterne, med de nødvendige forholdsregler, lynes dragten ud og fjerner stroppen omkring taljen og løfter dragten over brystet; pigen har stadig en hvid t-shirt; det gør ikke noget, fornøjelsen varer ved. De spænder bæltet stramt om taljen.

Nu er det biceps-stroppernes tur, de løfter dragten op til håndleddene og lader armene være udækkede; Da hans biceps nu er fri, vrider han sig kraftigt; På trods af at de stadig er totalt immobiliserede, kæmper de fire vagter for at fastgøre stropperne denne gang til bar hud.

Den analoge operation på håndleddene udføres for sikkerheden separat mellem højre og venstre.

Sonia forstår nu, hvorfor forholdsregler aldrig er overdrevne.

"De lod os..."

Undersøg marsvinet igen.

I jakkesættet kunne han ikke se, hvor muskuløse og tonede hans arme var.

Intet med Monica at gøre, men hun kom tættere på; Det ejendommelige ved Monica var, at hun var fremragende i alt. Dette var stadig smukt, men det var lidt ude af proportioner med andre dele af kroppen, såsom maven, der, selvom den var blød og muskuløs, ikke var sammenlignelig med armenes masse. At finde en enkelt fejl hos Monica var svært, men ikke umuligt.

Pigen, med en meget lys teint, er badet i sved, hendes bryst hæver og falder hurtigt i forventning om øjeblikkelig behandling.

En rem forbundet til flere blærer var fastgjort til hans mund, hvilket forhindrede ham i at tale; det var nok midlet til at fodre hende, eftersom behandlingen varede mindst en uge. Elektroder på håndleddene.

Der kommer tråde ud af tanktoppen på brystet; du kan se en tape, der vikler sig rundt om brystet og dækker brystvorterne.

Sonia begynder at stryge marsvinet i ansigtet, på brystet, på maven og mærker bicepsens fasthed. Du beslutter dig for at tage tanktoppen af, mens den er bundet op. Hun trækker den ud af sine joggingbukser, lægger den med besvær under bæltet og blotter sine vidunderlige dunkende bryster. Elektroder blev placeret på brystet både for at kontrollere hjerteslag og for at fremkalde elektriske stød.

Han lugter det, han sveder.

"Du har en meget smuk lille krop, du ved, tæve?"

Han slikker hende på navlen.

"Du er salt ... jeg kan lide dig"

Marsvinet har en oprørsk impuls: ikke alene skal hun lide usigeligt i en uge, men nu skal hun også lide den lesbiskes fordærvelse?

Han udstøder et blandet grynt af vrede og frustration og rykker i stropperne.

Han ser på Sonia med had og trods.

"Jeg kan se, du stadig har mange kræfter. Vagter! Dine bukser, tag dem helt af."

Vagterne er nu seks, operationer udføres langsomt og omhyggeligt med ekstra stropper.

Operation afsluttet.

Sonia forstår hvorfor de seks vagter: benene har en imponerende muskelmasse.

I det anale og vaginale område er der indsat rør, som er strategisk fikseret, for at marsvinet kan udføre fysiologiske funktioner under behandlingen.

Andre elektroder påført anklerne.

"Vagt, jeg kan se, at sengen har en mekanisme, kan jeg sprede dine ben bredere?"

"Selvfølgelig"

Beskytteren virker på tandhjul, der strækker marsvinets ben næsten vinkelret på torsoen.

Pigens elasticitet er imponerende.

Sonia, der står mellem marsvinets ben, og hendes hænder hviler blidt på de bare lår, stirrer på sit bytte. Hun stryger sine ben, mens de instinktivt trækker sig sammen i et forsøg på at flygte og ser hende ind i øjnene.

"Tænker du stadig på at udfordre mig?"

Siger Sonia og læner sig ned for at kysse hendes navle og mave forskellige steder.

Med kølig langsomhed forlader han den fristende stilling for at bevæge sig bag hende, mens han altid holder en finger i kontakt med hendes krop og glider den på en sensuel måde.

Marsvinet er rasende og forsøger at sige noget gennem gagen på et sprog, som Sonia ikke kender.

Nu er Sonia bag hende, og idet hun placerer sine hænder på marsvinets biceps, begynder hun sensuelt at kysse hendes pande, kinder, nakke og ører.

Samtidig glider han hænderne over armhulerne, brysterne, masserer dem grådigt og tester deres fasthed.

Marsvinet klager i protest ved at forsøge at sige noget.

Sonia vender tilbage til sin side og ser smilende på hende.

"Hej, hvad har du at sige? Jeg taler ikke dit sprog. Ved du hvad? Jeg er normalt mere sadistisk, mindre sød, men ... det faktum, at jeg sutter dig, undskyld, gør dig instinktivt oprørsk ved mine berøringer, og det får mig til at holde så meget af det ... "

og kører igen sine hænder over maven og brysterne.

Pludselig laver computeren en mærkelig lyd, der ligner en alarm.

Marsvinets øjne er nu fyldt med rædsel, og de leder efter Sonia for desperat hjælp. Ud fra disse detaljer forstår Sonia, at behandlingen begynder igen.

I første omgang udsender han et skrig af sjælden intensitet, men fryser i halsen efter et sekund. Intensiteten af torturen er sådan, at marsvinet ikke kan give lyd fra sig.

Sonia ser interesseret på dyret. Torturen forbliver konstant i et par sekunder i hele kroppen og veksler derefter med variabel intensitet i nogle områder for at tillade en fysiologisk restitutionstid og ikke reducere for meget følsomhed over for smerte.

Når benene stimuleres, kan Sonia knap visuelt mærke et tic, en permanent sammentrækning i marsvinets quadriceps; derfor lægges den tilbage mellem benene og lægger hænderne på lårene. I det øjeblik stødet begynder, mærker du sammentrækningen af musklerne, der rører dem meget mere, på trods af benens stilling og de stramme stropper.

Nu går overførslen et andet sted hen.

Drevet af et instinkt af "medfølelse" nærmer hun sig sin mons pubis med munden, holder hænderne på lårene og kærtegner dem.

Hans tunge glider, hvor den kan, mellem sonder og elektroder, og stimulerer den følsomme del. Protestråb fra offeret.

Se nu på overkroppen. Når den bliver ramt af chokket, trækker den sig sammen på en unaturlig måde i buk, biceps og mavemuskler på samme tid. Sonia kan se skønheden i hans muskler, der glimter af marsvinets sved.

I femogtyve minutter nyder han at se pigens lidelse og beundre hendes atletiske krop på samme tid.

Fra tid til anden kører han sine grådige hænder over hendes hud for sadistisk at kærtegne hende, nogle gange klemme hende, nogle gange sensuelt mærke hende.

Når brystet er "i hvile" aftager veerne, men straks begynder brystet at hæve og falde krampagtigt igen. Mellem disse øjeblikke fortsætter Sonia med at nyde ofrets krop ved at slikke og lugte.

Til sidst, skrævende over hendes lår, mens et stød rammer hendes bryst, slikker hun sig navlen og bider hende, og finder i den handling en fornøjelse, som hun ikke har følt i lang tid, netop siden hun havde set Monica på stangen, i fitnesscenter.

Da behandlingen stopper, samler Sonia sig, kører en hånd over pigens mave og bryster og bemærker, at hendes øjne nu er udtryksløse, selvom de bevarer det strejf af vrede og frustration, som Sonia holder så meget af. Det er klart, at behandlingen begynder at virke.

"Jeg nød at have dig på min måde, tøs. Jeg tror, jeg vil besøge dig igen i disse dage."

Et kys på kinderne.

"Vagter, klæd hende godt på."

En gammel ven

Det er tid for Rachel at sige farvel.

Sonia er lidt ked af det, hun blev glad, men Rachel beroliger hende.

"Bare rolig, jeg vil besøge dig fra tid til anden for at have det sjovt; jeg har mit øje på en cubansk dreng, en fangevogter, der slet ikke er dårlig, helt naturlig ..."

Nu har Sonia ansvaret.

Medlem 231 præsenteres for sit kontor som beordret.

Han lykønsker hende, forklarer, hvordan hendes indsættelse har været mere end tilfredsstillende.

Når vi taler om situationen på øen, viser det sig, at George går på pension, men kæmper for at finde en værdig afløser.

Sonias sind dykker ned i hendes minder, og nogen kommer straks til at tænke på ...

"Medlem 231 ... her vil jeg gerne foreslå en persons navn ..."

Robert, efter dyb skuffelse over Monica, falder i en tilstand af dyb depression.

Søens ulykke er kendt af praktisk talt alle. Den med vandfaldet lidt mindre.

De virksomheder, der kontaktede dig, holder op med at lede efter dig. Forældre presser ham ved at ignorere hans følelser.

Følelser for Monica, der lidt efter lidt viger for had.

Robert dyrker et dybt had til den, der afviste ham.

Derudover gjorde det spark i kønsområdet, der tidligere ikke var særlig kraftigt og noget "ubrugeligt", ham næsten ude af stand til at have sex. Da han ikke er i stand til at have normale seksuelle forhold på grund af usikkerhed, fokuserer han sin seksualitet på sadisme.

Internettet favoriserer dig meget i dette. Under alle omstændigheder betaler han normalt prostituerede, der lader sig binde for at tilfredsstille hans instinkter. Ved at dominere og binde sine ofre opnår han nydelse.

Hvad der skete med Sonia, ses nu med misundelse og afsky.

Dybest set indser han, at den eneste måde for HAM at få en kvinde på er at gøre det mod hendes vilje. Og da han ikke er særlig fysisk begavet ... den eneste måde, ved du hvad det er, bliver cirklen indsnævret.

Han er stadig et uudtalt geni, men med nogle få klager fra nogle ludere, der ikke er særlig imødekommende, når det kommer til BDSM-fantasier, gør de hans CV ikke det bedste.

Og han skal finde arbejde.

Han går næsten med resignation til det umtendelige interview.

Den 50-årige dame byder dig velkommen til sit studie.

"Robert, her er du endelig. Vi skal forbedre vores rekrutteringsafdeling, og selvom det er rigtigt, at vi var ved at miste et element som dig... var det ikke takket være ... DIG. "

Sonia afslører sig selv.

Har ændret.

Udover at være blevet voksen, ser hun også mere afslappet og glad ud end den Sonia, hun havde mødt.

De giver hånd.

"Robert, du voksede op, men du har ikke ændret dig meget ..."

Sonia fortæller sin veninde alle sine omskiftelser, fra episoderne med Monica, til rekrutteringen, gruppen, hendes job, til hvordan hun formår at føle glæde og tilfredshed nu.

Robert er vantro, men beslutter sig for at acceptere.

Han bliver ansvarlig for centrets databehandling, sensorer og elektronik.

Dagen for bosættelsen er hendes forbløffelse over at se øen stor, smiler Sonia og tænker på, da hun havde prøvet de samme ting.

Al alarm, kontrol, videoovervågning, maskintest bliver forklaret til Robert.

Hans computerfærdigheder, sammen med hans viden om mekanik, stimulerer forskellige ideer hos ham, som han snart vil omsætte i praksis.

George er en tålmodig og metodisk lærer.

Efter en generel introduktion besøger Robert "træningsområdet", især poolen.

Bassinet er synligt længere end et almindeligt olympisk bassin, dybere og med en tre meter høj rand, hvilket gør det umuligt for marsvin at flygte.

Robert ser fascineret på proceduren: Marsvinene i badedragter nærmer sig poolen med hænderne bundet bag ryggen og anklerne forbundet med en fire tommer lang kæde (for at give en minimal mulighed for bevægelse). Elektroderne placeres på brystet (for kvinder under en hel badedragt) og bindes rundt om brystet. En monitor sporer din puls. De hænges på hovedet med et spil, deres hænder og derefter deres fødder slippes, hvilket får dem til at gå i vandet. I dag bliver de udsat for en langdistance udholdenhedstest.

"Men hvordan kan vi være sikre på, at de gør deres bedste?"

"Åh, ser du, Robert - Sonia griber ind, som i øjeblikket er på monitorerne - det er enkelt: Sidstnævnte udsættes for en smertefuld (men dybest set harmløs) smertemodstandstest; førstnævnte efterlades 'i hvile' i et par dage. .. selvfølgelig ønsker vi ikke, at de samme mennesker skal lide, så vi giver normalt de svagere en kronometrisk fordel baseret på de seneste tests ... lad os bare sige, at det er meget efter vores skøn, det vigtige er, at disse dumme udyr, de indser det ikke, og de presser altid til det maksimale"

Robert er overrasket over den tillid Sonia har sammenlignet med for et par år siden; nu er han ansvarlig for den genetiske opdeling; men den synes bestemt at have fastholdt den Kulde, der altid har præget den.

Mændene begynder deres test, at de starter hver for sig, så de kronometriske data kan "fikses" uden besvær.

Nu er det kvindernes tur.

Robert bemærker straks sine kollegers præferencer; Blandt kvinder er Sonia den eneste med en forkærlighed for marsvin og ser ikke ud til at skamme sig over det. Blandt mænd synes kun en vis Paul, en klodset lille mand, at have det lige sjovt med begge køn. Han hører ham henvende sig til Sonia og sige "i aften ville jeg ikke have noget imod at tage cubaneren og danseren med ind på mit værelse og slå dem sammen; åh, til testen ville jeg gerne have cubaneren, han forsøgte at gøre oprør, da jeg rørte ved ham.. .forstår du det? "

Sonia nikker uinteresseret.

Robert bliver ramt af en svømmer: brunt hår, kattebrune øjne, imponerende, men slank fysik.

"Hvem er det, George?"

"Åh, Gabriela! Hun er en komplet italiensk atlet (svømning, løb, kuglestød), der er ankommet for to uger siden. Vi skal lave flere fysiske tests for at se, hvor hun klarer sig bedre, selvom hun i betragtning af hendes skønhed også kunne være inkluderet mellem 'underholdning', hvem ved "

Robert ser, mens de modificerede mennesker placerer den for at bære den i vandet med mekanismen. Ved at hænge antyder han et instinktivt træk for at rejse sig og trække sine storslåede mavemuskler. Når han først er i vandet, starter han ved afgang med imponerende fart og kraft; hans muskulatur matcher næsten Monicas, selvom han stadig er et trin under.

"George ... jeg tror ... jeg har en anmodning ..."

"Ah, jeg vidste det! Det fangede din opmærksomhed med det samme, vel? Nå, det er endnu ikke regnet med til 'underholdningen', men da du er ny vil vi gøre en undtagelse, jeg vil bede Sonia om at lade hende vinde, for at hold hende udhvilet i morgen om natten, og send den særlige anmodning til medlem 231. "

Dagen går stille og roligt.

Den første middag på øen er også positiv for Robert, godt hjulpet af Sonia, som får ham til at føle sig meget godt tilpas.

Når det kommer til at vælge "ofrene" for natten, har Robert allerede en særlig anmodning.

"Jamen George, medlem 231, alle disse marsvin er meget smukke, og jeg vil bestemt sætte pris på dem. Men jeg vil gerne tilbringe min første nat med Gabriela, den italienske atlet, men da det kun vil være tilgængeligt i morgen, ville jeg i dag kan lide at 'besøge' hver enkelt af jer, sådan her, bare for at forstå din smag og hvordan' underholdning 'virker, altid hvis dette er tilladt ... og med dig også, medlem 231, ville jeg være interesseret i at se, hvad du synes godt om "

Kolleger tager gerne imod.

Den første, han ser, er hans underviser, George.

En ung og barmfagre blondine (en tysk prostitueret) er bundet til sin seng halvnøgen, George bringer en vogn med is, mad af forskellig art, vin i nærheden af sengen. Det er klart, at han kan lide at have traditionelle forhold, med nogle variationer relateret til mad og naturligvis de nødvendige forholdsregler, der kræver immobilisering af marsvin.

Hendes veninde Sonia har en sort sprinter på sit værelse. Hun er nøgen, bundet i et X lodret og let hævet fra jorden. Sonia påfører elektroder over hele kroppen.

"Minder det dig om noget, Sonia?"

Stilhed mellem de to.

Sonia antyder et smil. Begge er forenet af et vanvittigt ønske om en bestemt person. Monicas nostalgi gør dem nærmest melankolske.

Robert beslutter sig for at efterlade hende der og tage et andet sted hen for at fjerne mindet om den gamle skolekammerat.

Samantha og Julia, to kvinder i fyrrerne, ikke smukke, men bestemt omsorgsfulde kvinder, der har til opgave at fodre og overvåge marsvinenes helbred, er i samme rum med en muskuløs, nøgen, solidt bundet til en slags gynækologisk bord. En retraktor holder munden åben. Tykke stropper på håndled, biceps, nakke, mave, lår og ankler immobiliserer dig sikkert i sengen med spredte ben.

Mens Samantha famler efter manden, hun langsomt tænder på, forklarer Julia til Robert:

"Vi har det sjovt sådan her, vi ophidser ham på alle mulige måder, vi driller ham, vi leger med ham, for at holde ham på randen af orgasme. Når han er på grænsen til fortvivlelse ... ja, det kommer an på hvordan godt han tigger"

Med det sagt slutter han sig til sin kollega og begynder tålmodigt at arbejde på offerets krop. Julia ser ud til at have mere erfaring, da manden fik en mærkbar erektion med hendes berøring.

Samantha ser en smule forarget ud og slår ham.

"Så du foretrækker hende? For helvede hund!"

Og hun bider hans øre voldsomt, mens Julia fortsætter sit arbejde sensuelt.

Robert går til den sadistiske Paul.

En kvinde og en mand, begge sorte, er bundet op over for hinanden i deres undertøj. Tydelige tegn på smæk i kroppen på begge, mere hos kvinden.

Robert siger hej, han har ingen særlig sympati for manden.

Medlemmet 231.

Robert banker på døren.

"Foran"

En halvnøgne mand og kvinde bliver kneblet og immobiliseret på en mærkelig ting med roterende børster, kuglepenne, tandstikkere.

"Kildlemaskine, Robert. Jeg valgte de mest følsomme ting, ikke de mest attraktive, som du kan se. Se."

Kvinden trykker på en knap. Børsterne og fjerene begynder at danse på de mest følsomme dele af de to stakkels mennesker; armhuler, hofter, fødder, nakke er de mest belastede områder.

Især kvinden vrider sig som et raseri, skriger krampagtigt.

Robert er fascineret af alt dette.

Han trækker sig dog tilbage til sit værelse. Hans præference for Gabriela dagen efter er faktisk en undskyldning for at trække sig tilbage til sit værelse og tænde for sin gamle pc: nostalgien fanger ham, billederne af hans elskede Monica, nu en ung og lovende atlet, er omhyggeligt og besat bevaret af ham; fra de mest banale fotografiske positurer til de stillbilleder, der er taget under hans forestillinger.

Han kan ikke glemme hende.

Du er ved at finde en anden video eller artikel, når du hører et bank på din dør.

"Sonia, kom, kom ind"

"Hej Robert, hvordan har du det?"

"Nå se, jeg vil aldrig takke dig nok for at få mig til at gå så langt. Jeg vil aldrig være i stand til at betale dig tilbage."

"Jamen, du skal vide, at det er en fornøjelse for mig at have en person her, som jeg har kendt siden gymnasiet."

De taler som to gamle venner, de taler om dit og dat, Sonia taler om sit sadistiske arbejde som ingenting.

På et tidspunkt trykker Sonia:

"Du bliver ved med at tænke ... på hende. Ikke?"

Som svar viser Robert Sonia billederne på sin pc. Sonia er forbløffet over at se antallet af billeder af offeret for hendes drømme, opdelt i mapper og undermapper: videoer, interviews, artikler, fotos, sportspræstationer.

Bare det at tænke på, hvad han kunne gøre ved hende på øen, får hende til at flyve med sin fantasi som aldrig før. Et foto, hvor Monica kæmper med stangspringet, fanger hendes opmærksomhed: atleten har lige forladt stangen, hendes ansigt koncentreret i anstrengelsen, de slanke muskler spændte og krumlede på samme tid, den hektiske overdel rejser sig. Oplev maven og alle de formede mavemuskler.

Sonia flyver og drømmer om Monica på øen som et marsvin, men en tanke griber hende:

"Robert ... du ... elsker hende ret? Jeg mener på en traditionel måde, du ville aldrig skade hende, du ville have hende for dig selv, hvis hun var et marsvin her ville du gerne befri hende for at vise hende din kærlighed ... sandhed?"

"Sonia ... du ved ikke, hvor meget jeg har ændret mig. Når du vokser op og kolliderer med virkeligheden, med dit fysiske udseende, forstår du, at du aldrig kan få sådan et væsen, hvordan kunne hun blive forelsket i Se, mit ønske om hende har ikke ændret sig, faktisk stærkere end før, men der er en forskel.

Du ved måske ikke, at det spark, han gav mig den dag, gav mig en del seksuelle problemer; Jeg er slet ikke hjælpeløs, men jeg kæmper for at have ... her ved du hvad; i stedet ophidser tanken om at have en kvinde i min magt mig meget. Monica så ... lad os ikke tale om det.

Jeg vil ydmyge hende, som hun gjorde mod mig. Jeg vil have ham til at lide. Jeg vil have, at han skal fortryde at have ydmyget mig. Jeg vil rive hende ud af den verden, hun kender, og have hende her for at torturere hende langsomt, uden at skade hende for meget. Jeg vil have hende til at blive en slave, en genstand i mine hænder. Men hun må lide, oprør, jeg vil høre hende skrige af raseri."

Roberts øjne lyser op og møder Sonias.

Situationens magi, mødet mellem de to, de afslørede følelser nedbryder barriererne mellem de to. Næsten ekstatiske omfavner de to hinanden, så holder de hinanden i hånden og ser på Monicas billede, og de begynder at kærtegne hinanden.

Nu er de medskyldige.

De er ikke tiltrukket af hinanden. Men hans ønske går i samme retning.

"Robert, hvis du vidste, hvor mange gange jeg har talt med medlem 231 ... faktum er, at hun er berømt, du ved? For mange øjne på hende. For mange mennesker på hendes spor. Det ville tage et mirakel, det gør jeg ikke Jeg ved ikke, at få hende arresteret, eller ... bah. Pointen er, at jeg ikke vil narre mig selv. Og vi har alligevel noget at trøste os med her, tror du ikke? "

Robert nikker, ikke særlig overbevist.

Behagelig tidsfordriv

Robert er på sit værelse og ser nyhederne på fjernsynet.

Hvor lang tid tager det? De skal være her et par minutter – tænker han.

De banker på døren.

"Åh, endelig"

De modificerede mennesker kommer ind i rummet med en vogn.

Gabriela er traditionelt X-bundet, bind for øjnene og med en retraktor i munden.

Som Robert beordrede, er hun klædt i hvide trusser og tanktop.

De efterlades alene.

Da marsvinet begynder at trække i snoren og undrer sig over, hvorfor den endeløse ventetid, vender Robert sig med sadistisk tålmodighed om og ser nærmere på sit bytte.

Det er første gang, du har fundet dine drømme opfyldt.

Marsvinet er et pragteksemplar. Nu hvor hun er bundet, kan hver centimeter af hendes fantastiske krop ses tæt på.

Med en finger og forsigtigt begynder Robert at drille og knibe hende hist og her; det er dejligt at se hende ryste, hendes muskler bliver mere fremtrædende; Du kan teste deres konsistens ved at knibe og nippe på bryst- og bicepsområdet.

Butt er en hymne til perfektion, bugtet og tonet.

Robert leger med trussens elastik og tester baldernes fasthed.

Han havde allerede bundet nogle prostituerede, men de samtykkede alligevel alle sammen; og under alle omstændigheder lod de sig binde på en meget falsk måde.

Nu var alt anderledes.

Desuden havde han endnu ikke set sådan et lig; Nok var Monicas krop uopnåelig, men denne "erstatning" var ikke desto mindre bemærkelsesværdig. Desuden havde han aldrig tid til at undersøge Monicas krop nøje, undtagen ved de korte lejligheder, hvor hun ville slå ham.

Nu var Gabriela der, bundet og prisgivet hendes nåde. Jeg ville nyde det øjeblik.

Klak ... klak ... Robert havde besluttet at lægge mere stress på hende, for at reducere hendes bevægelsesfrihed; Arme og ben godt strakt, dog ikke til grænsen.

Rass ... med en saks klip stropperne af tanktoppen, øverst.

En storslået kiste, med synlige ribben (positionen taget i betragtning), men med pæne og faste bryster.

Retraktoren er fastgjort til en stang i toppen for at holde den opad.

Så meget styrke og kraft i hans hænder.

Med en tandstik prikker han hendes lår, mave, armhuler.

Hans ufrivillige reflekser er det, der tilfredsstiller ham mest.

Med tiden opdagede hun, at hun elskede traditionel sex mindre og mindre. Offerets forgæves forsøg på oprør ophidser ham voldsomt.

Ud med trusserne.

Robert bevæger sig tålmodigt til sit kønsorgan og begynder med en pincet irriterende at trække i håret ... tac; her er en forsvindende kønsbehåring, hvilket resulterer i stønnen af offeret.

Han kan godt lide at veksle hurtige og afgørende udbrud med langvarige og smertefulde for offeret, der begynder at svede.

Sved får Gabrielas krop til at skinne på en visuelt tiltalende måde.

Robert lugter det og slikker det over det hele, og går så tilbage til den smertefulde voksning.

I aften forstår Robert, at alle hans tidligere lidelser delvist vil blive retfærdiggjort af den tilfredsstillelse, han vil opnå fra det øjeblik. Gabriela er det første offer for den ydmygelse og fysiske smerte, som den sadistiske og tålmodige Robert kan forårsage.

Ved at bruge den uheldige som et marsvin eksperimenterer Robert med elektrostimulering på hende og når grænser, som han aldrig ville have tænkt på at nå hos et menneske.

Han føler sig som en Gud, der har fuld kontrol over den smukke atlet.

Fornøjelsen opnået efter to timers tortur afvekslende med små spil er meget tilfredsstillende for Robert, som falder i søvn i flere timer.

Når du vågner, ser du dit marsvin udmattet fra den stilling, hvor hun var bundet hele natten, men stadig reagerer på din berøring.

Slip kæden fastgjort til retractoren, så jeg kan se dit ansigt. Han kysser hende entusiastisk, med en bevægelse af afsky fra offeret, og slår hende derefter vredt og får udluftet al sin frustration over hans skuffelse over Monica.

Hvis bare han var her i den stakkels Gabrielas sted ... et strejf af nostalgi tager fat i drengen.

I månederne efter arbejdede Robert hårdt for at holde alle overvågningssystemer og alle de elektriske og mekaniske enheder, der blev brugt til både eksperimenterne og "sessionerne" effektive. Takket være sin fantasi og hans geni er han i stand til at udvikle et meget sikrere og mere effektivt system end sin nu gamle forgænger.

Harmonien med Sonia og den fælles passion, forstærket af deres meget ens smag, giver dem mulighed for at opnå fremragende resultater inden for forskning, langt ud over prognoserne for medlem 231.

De bliver ofte fundet efter middagen for at lege med marsvin, torturere, voldtage og endda ydmyge dem.

Andre nætter finder de dog, at de nostalgisk beundrer billederne af deres elskede Monica G.

En tortur, som de ikke er i stand til at udføre, på trods af de utallige adspredelser, som situationen byder på.

Årets jul 2018 nærmer sig, når medlem 231 juleaften indkalder dem begge til møde.

"Sæt ned kære. I aner ikke, hvor langt vi er nået, mest takket være jer, i de sidste par måneder. Især på de nye prototyper af modificerede mennesker og evnen til telepatisk at styre dem via andre modificerede mennesker. Det var noget som ingen ville have troet. Ikke engang jeg prøvede at forestille mig. For ikke at nævne de moderniserede strukturer takket være vores Roberts geni "

Robert og Sonia kigger lidt rødmede på hinanden, men klar over, at komplimenterne er fortjente.

"Der er dog noget, der gør dem lidt triste, alle ved det, selvom de aldrig taler om det"

De to ved ikke, hvordan de skal svare kvinden.

"Nå, jeg tager normalt ikke arbejde personligt for den slags ting, men jeg gjorde en undtagelse for dem, da de sluttede sig til og gav så meget til gruppen."

De ser lidt overraskede ud og undrer sig over betydningen af kvindens ord.

"Nå ... for at være ærlig ved jeg ikke, om jeg kunne have gjort det, hvis begivenhederne ikke havde hjulpet mig ... blandt andet er det sjovt, at i morgen er det jul; ja, jeg kan ikke vente til i morgen for at overraske dig med en gave... "

Sonia afbryder...

"Og det snit, medlem 231?"

Julen 2018 - den smukkeste jul

Monica G., aka Fantastic Girl, vågner op liggende på gulvet i en mærkelig, nærmest futuristisk celle; Det forekommer ham, at han er med i en science fiction-film, de hvide vægge, det svage lys, et glas, hvorigennem intet ses.

Hun rejser sig lidt lamslået. I det øjeblik han indser, at han har sin grå forklædning, men ikke længere masken, husker han alt: natten, kampen, hans sejr, pilen ... og så igen politiet, de fremmede, der bryder ind. , så ingenting.

Hvor er? Hun er fanget i en celle, men hvor?

Uden at vide, hvad han skal gøre, begynder han at sparke og skubbe mod glasset, men uden anden virkning end at gøre ondt i skulderen; og sige, at han takket være sin styrke havde brudt flere døre ned på denne måde, og ikke på en subtil måde.

Et lys på den anden side af glasset.

Et dusin mænd i blå overalls kommer ind i lokalet på den anden side af glasset, den samme slags uniform, som du så tidligere. De er alle bevæbnede, to bærer en bil med nogle mærkelige gadgets, Monica kan kun genkende nogle mærkelige stropper, der tilsyneladende tjener til at immobilisere.

Endelig en kvinde ... vent, han genkender hende, hun er den samme fra politistationen fra Sonias tid, og den samme som stillede hende det skæbnesvangre spørgsmål "Er du Fantastic Girl?"

"Hvad foregår der her? Hvor er politiet? Hvem er du, hvad vil du have mig? Jeg har ikke dræbt nogen, ikke engang stjålet, det er ulovligt..."

"Men hvor mange ord, min kære Monica, eller Fantastic Girl hvad du vil. Hør, jeg fortæller dig alt senere og meget roligt ... øh, øh, du vil ikke tro mig, men vi har meget tid ledig ..."

"Tid? Jeg har ikke tid til nogen, nu vil jeg ringe, jeg har ret..."

"Ssshhhh, ser du, min kære gymnast - heltinde, den første ting at forstå er, at fra nu af vil du ikke have nogen rettigheder, hvad enten du kan lide det eller ej. Begynd nu at tage den dumme forklædning af ..."

"Hør godt på mig, din skide hore, jeg ved ikke hvem du er, men jeg er kendt, de vil lede efter mig, jeg tager ikke imod ordrer fra nogen ..."

"Eeeehhh, jeg vidste allerede, at det her ville ende sådan her, mine herrer, aktiver 'opvarmningen'..."

En mand i blåt jakkesæt drejer på en kontakt.

Lysene slukkes, Monica kan ikke længere se noget uden for glasset, mens fangen er tydeligt synlig udefra.

Inden for få sekunder bliver luften tungere, varmere og uåndbar.

Monica begynder at spekulere på, hvordan det kunne ske, hvor fanden er hun. Varmen bliver uudholdelig, luftfugtigheden er meget høj.

Monica er meget fysisk forberedt, men efter et par minutter begynder hun at få vejrtrækningsproblemer. Men han ønsker ikke at tilfredsstille kvinden.

Pludselig er cellen delt i to dele af metalstænger.

Området du befinder dig i forbliver det samme; i det andet område ser Monica en slags dyse komme ud af loftet. På et vist tidspunkt begynder der at komme vand ud af dysen.

Monica begynder at forstå.

Med alle kræfter forsøger hun at bøje stængerne for på en eller anden måde at passere, men udover at blive bedøvet over narkotikummet, er hun også udmattet af den pludselige varme.

"Ser du, min kære gymnastikven, du burde have indset nu, at hvis du vil til den anden side, skal du tage det dumme kostume af, du kan se, at stængerne stadig vil være der, indtil du tager det af. Åh , og du ved, vi kan skyde dig en beroligende pil når som helst og gøre, hvad vi vil, hvis du viser dig dum. Hey kom nu, nu er temperaturen over fyrre grader, vandet er ret koldt, vil du ikke køle af ? "

Monicas overlevelsesinstinkter sejrer over stolthed.

Ikke uden nogle vanskeligheder, i betragtning af fugtigheden, udmattelsen og sveden, lykkes det ham at klæde sig helt af og smide sin "dumme udklædning" på gulvet.

Intet sker.

"Hej, jeg blev nøgen, hvad vil du ellers have, jeg skal gøre? For fanden!" Monica skriger med en antydning af frustration i stemmen.

Efter en sadistisk venten svarer kvinden.

"Sæt den dumme forklædning i denne slot"

En beholder kommer ud under glasset. Monica tager kostumet på.

Medlem 231 snuser til sveden fra marsvinet i kostume.

Som svar drejer en mand på en kontakt, tremmerne hæves, Monica kaster sig ud i brusebadet og lader vandet glide ud over hele hendes krop, og ignorerer hendes kidnapperes nysgerrige øjne.

Lysene tændes igen.

Kvinden klapper.

"Godt gået, kan du se, at du ikke er så dum, som dit udseende kan antyde?"

Kvinden begynder at se sit bytte i et andet lys; tænker for sig selv.

"For pokker, hvilken fysik. Nu forstår jeg Robert og Sonias besættelse af den kvinde. Jeg tror aldrig, jeg har set så vellavet et marsvin blandt alle de atleter, jeg har eksperimenteret med i over tyve år, endda selvom jeg godt kan lide mænd. "Sådan en kvinde kan gøre enhver til lesbisk. Næsten næsten ... jeg kunne få hende immobiliseret med det samme, men lad os se, hvordan kampen kommer videre; Jeg har ikke gjort det i årevis, men jeg vil få dig til at tro, at du kan undslippe ..." selvom modificerede mennesker klager, hvis en af deres kammerater er såret"

"Nu min smukke Monica, mine mænd vil gå ind og immobilisere dig, i mellemtiden har jeg andre ting at gøre, vær sød at opføre dig, hvis du ikke ønsker at blive ... straffet; mine herrer, det er alle dine, jeg forlader nøglerne TIL BYGNING I HÆNDERNE PÅ KAPTAJNEN Bring hende til kontoret temmelig bundet på et kvarter. "

Medlem 231 lukker de andre ti modificerede mennesker ind, kun bevæbnet med batoner, kæder og håndjern, den ene i en rød dragt, forskellig fra de andre.

Monica er nøgen, våd og udmattet af varmen, men hendes kampvane har lært hende at vurdere enhver situation.

Tæl ti, hvoraf den røde nødvendigvis må være kaptajnen. De ser ikke ud til at bære andre våben end våben. Og efter hvad hun forstår, vil de have hende i live. Det er en kæmpe fordel for sådan en som hende. Stillet over for den absurde situation beslutter han sig for at gøre mindst ét desperat forsøg.

To af dem kommer op bag hende med håndjern og slips, to mere foran hende; de andre venter med knipler klar til at gribe ind.

Når de tager hendes arme bagfra, holder hun dem fast og kaster dem mod de to foran, kaster dem på jorden; de to grebet af hende neutraliseres ved at slå begge hoveder voldsomt mod hinanden.

Nu nærmer fem mænd bevæbnet med batoner sig fra alle sider på samme tid. Med et kraftfuldt, hurtigt instinktivt spring kaster han sig selv i gang, afvæbner det og gør sig fortjent til en knastør. De andre kaster sig over hende, og to formår at slå hendes knæ voldsomt, så hun falder. De to andre udnytter det og slår hende igen i underlivet, men hun, næsten som om hun ikke havde bemærket slagene, omgiver dem med en saltomortale.

Medlem 231 ser scenen fra et skjult kamera. Han havde sendt ti kamptrænede modificerede mennesker bevæbnet med batoner. Han bekæmpede dem med imponerende lethed. Hans hop og spark var utrolige. Tre af dem blev tilbage. Monica havde tabt stafetten, hendes arme endnu mere dødbringende. Med sine marmorben klemte han det ene offer, indtil han besvimede, mens han med begge hænder holdt resten til jorden. Han henvender sig til den eneste overlevende, "kaptajnen".

Efter hvad han kunne se, var sandsynligvis mindre end halvdelen stadig i live. Et dødbringende våben, en hård fighter.

Den stakkels mand rækker hende skælvende nøglerne, så slår hun ham med knytnæven, som var den lavet af papir.

"Exceptionelt. Tag endnu tyve i ..."

Medlem 231 forlader monitoren for at gå ned.

Gruppen af modificerede mennesker har udover at være tyve et netværk, der letter deres arbejde.

Efter at have fanget hende med nettet som et dyr, lykkes det at lægge hende i håndjern på hendes ryg og ankler og sætte en slags krave på hende.

De tager det af nettet.

"Kig op"

Monica står foran medlem 231, cirka otte centimeter højere end hende.

På tæt hold kan han sætte pris på hendes krop, og han puster stadig af den hårde kamp, der stadig foregår.

Et modificeret menneske holder hende bundet, to andre holder hendes arme, allerede i håndjern, med to kæder ved anklerne, også bundet.

Nøgen og våd.

Det, der imponerer, er den ukuelige femininitet, skønhed kombineret med styrke, et eksemplar, der er mere unikt end sjældent.

De dunkende bryster var så attraktive.

"Du ved skat, jeg er bestemt straight, jeg er vild med mænd. Men du ... her er noget unikt, skulpturelle mavemuskler ... hvilke arme og skuldre ... og dine ben, hvilken perfektion ... du" er svedig... hot"

Den mørkhårede atlet stammer fra, da hun blev bundet og tortureret af Sonia.

Nu var han i en meget værre situation, og ikke kun fordi han ikke så en udvej.

Bundet nøgen Kvindens øjne på hende.

Hans hjerte begynder at banke kraftigt i hans bryst, da kvinden begynder at kærtegne hans bryster, mave, balder.

I en sidste desperat indsats lykkes det ham at finde styrken til at sparke med begge fødder bundet til kvindens ansigt, nu på jorden med en blødende læbe.

"For pokker min dumhed ... gå aldrig i nærheden af et marsvin personligt. Læg hende i seng, brug dobbelte snore!"

De modificerede mennesker kæmper, på trods af den numeriske overlegenhed, håndjernene, snorene og kæderne, der allerede er knyttet til Monica, længe før de binder hende helt til tremmesengen, giver hende bind for øjnene og knebler hende med en retraktor.

"Nu er det sikkert, frue"

"Godt. Hold dig væk"

Han nærmer sig sengen med kvinden bundet op som en salami.

Antallet af stropper begrænser noget procentdelen af bar hud, der kan beundres, men det er under alle omstændigheder et smukt syn, og på det tidspunkt er det bedst at være sikker.

"Du ser, tæve, ingen har nogensinde sparket mig. Nu er jeg en retfærdig kvinde, og jeg vil ikke gøre dig noget, for jeg er nødt til at efterlade dig intakt for ... to mennesker, du kender godt, du er en præmie til dem, ved du?" Og jeg holder tilbage. Tiden kommer, koldt, hvor jeg får dig til at betale. Som jeg allerede har fortalt dig, mangler der slet ikke tid"

Med det sagt tager han hendes højre brystvorte og klemmer den hårdt.

Monica vrider sig mere af ydmygelse end smerte.

"Jeg kan godt lide lyden af en nøgen krop på stropperne. Tag den med på kontoret. Bind den til 'dessert'-vognen, så ordner jeg den selv."

Monica ser intet på grund af bind for øjnene, hun føler bare, at hun bliver taget et andet sted hen.

En dør lukkes. Flere personers eksperthænder sætter hurtigt nye stropper på dig, før du fjerner de gamle. Med erfaring og manisk tålmodighed er hun immobiliseret til at stå.

Koldt vand over hele kroppen.

Sæbe.

Hænderne på flere mennesker, men skynder sig, føler intet ønske. Det føles som et objekt.

De skyller ham af.

Med den samme procedure nu immobiliserer de hende i en bil, altid holdt.

Den strækker sig, indtil den tjekker, at der ikke er mulighed for bevægelse.

Som om det ikke var nok, sætter de stropper over og under knæene, på lårene både i midten og nær lysken, på taljen, på maven, over og under brysterne, på halsen, over og under albuer. I munden en anden retraktor med en stigende stang, den eneste åbning, hvorigennem den kan trække vejret, da næsen er lukket med clips. I øjnene en rand, der udover at vise ingenting, ikke tillader ham at bevæge hovedet en tomme.

Den er ubønhørligt ubevægelig.

Hvis de havde ønsket at dræbe hende, ville de have gjort det. Hvad vil der ske med hende? Hvilke to mennesker talte hun om?

Hans tanker bliver afbrudt af fornemmelsen af en slags skum, der sprøjtes på hans krop.

Du trækker i en kontakt og mærker temperaturen falde.

Vi bliver hos Robert og Sonia på kontoret.

"Og det snit, medlem 231?"

Damen smiler og afslører et snit på læben.

"Du læser vel ikke aviserne, vel? Bedre på denne måde, alt bliver smukkere. Ah, det snit jeg har? Nå, bare rolig, intet alvorligt, hvem der end gjorde det, vil have tid til at fortryde det, givet hvad der venter her. Accepter nu at være mine gæster til middag i aften. Jeg tog mig i øvrigt den frihed at inhibere telematiksystemerne på jeres værelser, så I vil ikke kunne følge med i nyhederne ... men kun i aften. "

"Vi tager gerne imod, medlem 231. Vi ses i aften"

Medlem 231 spiser generelt alene eller sammen med alle andre og spiser sjældent sammen med andre mennesker.

Robert og Sonia går til deres chefs værelse.

"Velkommen, kom tidligt. Jeg forstår dig, ved du? Sæt dig."

Tre stole, intet imellem.

"Men hvad...?"

"Tjenere, tak"

To modificerede mennesker kommer ind med en vogn.

Robert genkender vognen: ofrene er fuldstændig immobiliserede, og deres kroppe er overhældt med mad for at pifte middagen op på en usædvanlig måde. Denne gang var kroppen helt dækket. Et køleskab holdt temperaturen lav for at opbevare cremen. Et mesterværk, denne gang havde de travlt. Creme og marengs over hele kroppen. De store bryster var dækket af creme med kirsebær på brystvorterne. Ansigtet dækket af en hul melon og en skinke omkring det. Øverst et åndedrætsrør. En kokosnød i midten i lyskeområdet, strategisk. Og så fløde. Fløde og marengs.

Den lave temperatur fik marsvinet til at gyse, men bevægelse var næsten umulig på grund af de utallige stropper, der indeholdt det.

Hun var helt tildækket, men de kunne allerede gætte, at kvindens kropsbygning var spektakulær: høj, skarp, men med betydelig muskelmasse, en tonet og fyldig brystkasse; og de havde ikke set det bedste endnu.

Tjeneren medbringer smeltet chokolade.

"Tjen dig selv"

Sonia hælder varm chokolade på hans underliv. Offeret gisper efterfulgt af et "nnnggghhhhh!" kvalt.

Diners begynder at nyde delikatessen fra underlivet.

"Dejligt det her arrangement, vi burde gøre det lidt oftere"

Robert joker og dypper sin sølvgaffel i marengsen.

Efter et par minutter er maven ret bar. Diners kan sætte pris på de muskuløse, skulpturelle mavemuskler, men stadig bugtede og glatte. Marsvinet er mørkhudet, men vestligt.

Robert kan lide at drille hende med spidsen af sin gaffel, hvilket forårsager små umærkelige sammentrækninger af maven.

Medlem 231 deaktiverer kølemidlet.

"Tid til at prøve det, synes du ikke?"

Sonia hælder varm chokolade over sit nu afdækkede underliv. Marsvinet udstøder et skrig og vrider sig mere. På trods af stropperne får hans træk glasuren til at falde på højre brystvorte, på Sonias side.

"Men se, det ser ud til, at vores lille ven gør oprør. Se, Robert, hun ødelagde indretningen."

Robert griber ind.

"Nå, i mellemtiden, lad os tape stropperne"

Monica, gennem tæppet af mad, når at høre stemmerne. De velkendte stemmer ... nej ... det kan ikke være. Det må være et mareridt...

"Hvor er knappen, Sonia? Åh, der er den, hvor dumt"

At høre det navn er som et slag mod hjertet for Monica, der i panik begynder at vride sig med al den styrke, hun er i stand til.

Den anden frosting falder af, noget af marengsen omkring armene giver efter, stropperne ser ud til at løsne sig.

Robert trykker på en knap.

Snorene strammes, indtil marsvinet igen falder til ro, som nu trækker vejret mere udtalt.

Anstrengelserne og sveden har smeltet en del af dekorationen, nu kan du se skuldre, armhuler, biceps, lår, foruden maven allerede blotlagt.

Nu kan de to se flere detaljer om ofrets krop, værdsætte muskeldefinitionen og kødets fasthed. De kan ikke huske at have set sådan et marsvin.

"Den creme ser appetitlig ud"

Det lægger pres på Sonia, og hun begynder straks at slikke sine bryster grådigt efterfulgt af Robert.

Mere end at spise den fremragende fløde, dens formål er at opdage fantastiske, rigelige, faste, runde bryster, perfekt forbundet med brystvortene, som kulminerer i store, mørke og kødfulde brystvorter.

Efter at have løsnet remmene over og under brysterne, observerer de, hvordan sammentrækningerne af brysterne får brysterne til at bevæge sig på en vital og oprørsk måde.

Sveden begynder at dannes i armhulerne.

De to passerer ængsteligt deres fingre og tunge.

"Jeg vil se hende vride ... jeg har en idé"

Robert lægger sin hånd på snorklen og lukker den.

Efter et minut begynder marsvinet at bevæge sig som et raseri. Sonia bider i mellemtiden ned på brystvorten på en grim måde, hvilket får marsvinet til at hoppe.

Robert åbner respiratoren.

Brystet begynder at hæve og falde febrilsk, Robert benytter lejligheden til at slikke det grådigt.

Gentag spillet tre eller fire gange og observer, at cremen allerede er næsten helt opløst.

Medlem 231 betragter dem med glæde; han spekulerer på, om de allerede har mistanke om noget. På dette tidspunkt deltager han også ved at nappe marsvinets inderlår og se dets muskler trække sig sammen. Det var aldrig sket for ham, at han ville have en kvinde ... indtil nu.

Efter tyve minutters grusomme spil er kroppen helt nøgen, bortset fra stropperne. Og ansigtet dækket.

Robert og Sonia stopper et øjeblik for at beundre det.

Definitionen, helhedens sinuositet er utrolig. Ben der ser ud til at have marmorbalder på.

"Jeg må sige, at denne gang har vi nået en grænse. Jeg tror ikke, der kan være en smukkere krop end dette. Hvis ansigt vil det være. Kun én person kan matche det, og du ved, hvem jeg mener, Robert . .."

De to kigger på hinanden.

Tvivlens skygge krydser deres ansigter.

Medlem 231 får det.

"Drenge, jeg tror, I vil nyde dette øjeblik alene, men først ... her, gårsdagens avis. Jeg foreslår, at I læser titlen på anden side ... så kan I tage den dumme melon væk."

Han går væk og forlader rummet.

De indser begge, at måske...

Deres hjerter bankede tusinde.

Sonia læser højt:

"SENSATIONALT: Fantastic Girl viser sig at være løftet om verdensatletikken Monica G., der af alle anses for næsten at være en alien for sine atletiske gaver, ikke mindst for sin skønhed. Men dagen for tilfangetagelse lykkes det hende at undslippe på en eller anden måde. Måske med hjælpen af medskyldige. Faktum er, at hun neutraliserede to vagter og flygtede. Ingen finder hende, hun dukkede ikke op til træning. Politiet har allerede udstedt grænsealarm.

Sandheden er, at før hun var en heltinde elsket af alle, efter at dræbe to betjente er skyldig i mord ... "

Monica hører Sonias ord og begynder at græde desperat. Nu er alt klart. Hun er nøgen, immobiliseret og prisgivet to skøre psykopater. Med desperationens kraft, grædende, trækker hun unaturligt i remmene, og det lykkes at knække dem, der omgiver hendes højre albue.

Robert trykker på "nødknappen", og yderligere stropper springer straks ud af mekanismen, hvilket uigenkaldeligt immobiliserer marsvinet; nu kan du se hendes fortvivlelsestårer under melonen.

Robert og Sonia nærmer sig marsvinet, tørrer langsomt den lille mad, der er tilbage på kroppen, med servietter, forbliver sadistisk på alle områder, der er følsomme over for berøring, mens hun vrider sig fortvivlet.

Når han ikke længere har kræfter til at græde, tager de sig af melonen og røret og afdækker hans ansigt og øjne.

Monica har allerede fået det, men at se dem i ansigtet er som et stik. Hvordan kunne det ske? Hun vil aldrig tilgive sin egenhed ved at være en superhelt

Sonia og Robert betragter hende ekstatisk. En drøm der går i opfyldelse.

Monica, i hans nærvær, forsvarsløs, men med al sin magt. Din fysiske styrke vil ikke gøre dig noget godt. Nu tilhører det dem.

Som besatte begynder de at kysse hende i ansigtet, på ørerne, kærtegne hende med fornyet lyst; mens Robert tager sig af ansigtet, brysterne, glider Sonia med nervøs tunge og fingre hen over maven, lårene, balderne, kønsorganerne.

Monica begynder at skrige i panik og frustration, stropperne stramme i "nødtilstand" forhindrer hende i at bevæge sig, hun har svedt i flere minutter og ikke af fysisk anstrengelse.

"Slip mig! Damn, hvad vil du have mig? Din orm, vi har studeret sammen i årevis ... nej ... nej ... stop ... prøv ikke, du ved ... aaaaahhhhhhhhh !"

Robert, der har ladet hende lufte ud, bider irriteret hendes højre brystvorte og trækker sig op, smerteligt for det stakkels marsvin, mens han med sin hånd klemmer den venstre.

Sonia tager sig af den nederste del, ikke uden en antydning af ondskab, bevidst om det "bad", som Monica havde tvunget hende til. Han bider, kniber, udforsker med tungen.

Monica, grædende, trækker vejret tungt og forsøger at tænke på en mulig udvej.

Hun ser hans storslåede bryst glinsende af sved, mærker hans plageånders lyst, deres tunger og deres fingre glide over hende.

Hun begynder at undre sig over sig selv, da en mærkelig fornemmelse overtager hende; forgæves bestræbelser på at frigøre sig selv er præget af gutturale, nærmest dyrelyde. Stropperne i nødtilstand, selvom de er sikrere, tillader et minimum af bevægelsesfrihed, idet de er mere elastiske; På denne måde har Mónica muligheden for at tvinge dem og fremhæve hendes imponerende muskler, med stor tak til Robert og Sonia. Hun ved, at hun ikke har en chance, men hun bliver ved med at trække, som et dyr, næsten ... næsten som om hun kan lide, at de to ser hende i den tilstand. Nej, det er ikke muligt.

Efter utallige ryk akkompagneret af knurren bemærker Sonia et umiskendeligt tegn på marsvinets ophidselse.

"Hej Robert, kom og se denne lille tæve ..."

Robert sætter en finger i det offensive område.

"Men se, hvem skulle have troet det"

De smiler til det immobiliserede offer, som forsøger at skjule rødmen på kinderne.

Monica, der desperat forsøger at afvise tanken, begynder at skrige.

"Hjælp ... Hey, kan nogen høre mig? I to har meget mærkelige ideer, for fanden, hvis jeg nogensinde slipper fri, vil jeg ikke lade dig rejse dig igen, som jeg har gjort de sidste par gange"

Medlem 231 bryder ind i rummet med ti modificerede mennesker.

"Gutter tak ... det har vi masser af tid til. Lad nu de modificerede mennesker tage hende til hendes celle, og lad mig udveksle et par ord med hende ... du er trods alt min gæst, din beskidte tæve."

Kør en finger hen over hendes mave for at nå hendes brystvorte og klem.

Monica snor sig og holder et stolt, trodsigt blik på kvinden.

"Du og jeg skal have en snak om, hvem der har ansvaret her, og hvem der IKKE skal have lov til at se på mig på den måde."

Han siger, at det er alvorligt, men kontrolleret.

De modificerede mennesker går med bilen.

FEMTE DEL
MONICAS KROP - FANTASTIC GIRL

Introduktion af det nye marsvin

Der er stor spænding på øen. Alle ved, at der er et nyt opkøb. Det er en ret almindelig begivenhed, men denne gang ser det ud til, at tingene er anderledes. Dels fordi alle ved, hvem Monica G. er, hendes atletiske dygtighed, måden hun blev fanget på, som superhelt; Efter nyheden om tilfangetagelsen gik alle for at se billeder af kvinden på internettet, taget fra sportsartikler eller fra videoer, hvor hun deltog i stangspring. Frem for alt undrer alle sig over, hvorfor hun ikke var inkluderet blandt marsvinene som alle andre. Dette forårsager en lille utilfredshed på øen, så medlem 231 tilkalder Robert og Sonia til hans kontor.

De to af dem er stadig i chok over at fange deres ønskeobjekt.

Sonia tager ordet.

"Dette ... medlem 231, vi ved virkelig ikke hvad vi skal sige ... at sige tak er lille"

Glædestårer i hendes forpinte øjne, næsten vantro over den nåde, hun modtog.

Robert ekstatisk, ude af stand til at tale.

Nu kan de hævne sig på den, der tidligere har ydmyget dem, og samtidig få det, som og når de vil.

De tos fantasier løber løbsk, fornyet af, hvad de altid har ønsket, mulig tortur, styrkeprøver, endda at holde hende nøgen og bundet i rummet for at ydmyge hende.

Medlem 231 stopper rablen af de to.

"Drenge, først og fremmest har I ikke noget at takke mig for. At have et eksemplar som Monica her var noget, vi havde ventet på længe. En mulighed som denne opstod med hendes 'tåbelighed' for at blive en superhelt med det, han gjort det nemt for os Grunden til at du ikke skal takke mig for noget ... er at ALLE på øen vil kunne værdsætte ... dine kvaliteter, plus at der er mange tests - eksperimenter der kræver en hun med disse egenskaber"

De to af dem havde aldrig overvejet det fra dette synspunkt og et strejf af vrede - jalousi fanger dem.

Sonia, lidt bange, griber ind.

"Men ... nå ... med al respekt, men at bruge en hun ... øh ... marsvin med dette potentiale til visse test virker som spild ..."

"Åh, men du mener den skade, det kunne tage ... ved du hvad? Du er næsten færdig med den 'regenerative maskine'; tja, betragte det som et incitament til at fremskynde dine forberedelser; og kom nu, du vil stadig har det. Robert, du gør det så dyrt. Vi er seks, mere end en gang om ugen kan du "lege" med hende, måske endda med din kollega ".

Robert og Sonia føler sig lidt kolde af deres indledende overvældende entusiasme, men de indser den situation, de er i.

"Lad os sige det sådan, at du har to dage til at færdiggøre maskinen, så ... ja så må Monica gå gennem hænderne på vores Paul, elsker af pisken; og endda gennem mine hænder, da hun og jeg har Ufærdige forretninger."

Monica tilbringer natten i sin celle. Hvis det ikke var for fysisk træthed, ville jeg ikke kunne sove; for mange spørgsmål i hans hoved om, hvor han er, hvad der venter ham i fremtiden. Hvad er formålet med disse mennesker? Hvad vil de gøre ved hende? overleve til? Både ydmygelsen og den fysiske smerte skræmmer hende. På det fysiske plan har han aldrig haft problemer med at udholde smerter og træthed. Men hvad var den følelse af forladthed og lettelse, som ikke havde meget fyldt hende, da hun var nøgen og bundet i hænderne på de to?

Et bank på madrassen vækker ham, hun er iført et let jakkesæt.

"Vågn op kære, mit egensindige marsvin."

Monica indser, at det ikke er tid til at gøre oprør og siger ikke noget respektløst til medlem 231.

"Stående".

Hun adlyder.

Medlem 231 bør normalt på dette tidspunkt beordre de modificerede mennesker til at komme ind, immobilisere hendes hænder og fødder, og derefter tage hende med til træningscenteret, træne hende, holde hende i form; Som det vigtigste i disse dage er at vurdere dets potentiale og til hvilket formål det kan bruges.

Den normale procedure forudser, at marsvinet efter en morgen med arbejde i fitnesscenteret og poolen fodres, får lov til at hvile et par timer og derefter bedt om at udføre en specifik træning, der kan være løb, elektrostimulering, svømning eller specifik forbedringer. Derefter et sidste bad, middag og, for de mest behagelige eksemplarer, en aften med et af øens medlemmer for at "lyse op" deres ophold. Det er klart, at alle marsvintræningssessioner overvåges af mindst fem modificerede mennesker; Marsvin er altid immobiliseret eller placeret på steder, hvor de ikke kan gøre skade (såsom højkantsbassinet, den indhegnede østi og fitnesscenteret med barer).

Medlem 231 lader sig dog friste i stedet for at gennemgå den normale procedure, han har ikke tålmodighed til at vente på sin aften.

"Hør, tæve, jeg ønsker ikke, at mine bevæbnede soldater skal slå dig ned, såre dig eller muligvis straffe dig; du skal vide, at vi til enhver tid kan bedøve dig med strømpistoler for at få din lydighed på den ene eller anden måde; så jeg håber du er klog nok til at adlyde mig"

Stilhed.

"Nå, begynd at jogge på stedet."

Monica, en smule overrasket over anmodningen, på trods af at hun er ked af stoltheden over at blive kaldt en "tæve", begynder at jogge.

Hans trav på gulvet i rummet er let og uden besvær.

"Nå, løft dine knæ lidt højere"

Det gør det.

Efter fem minutters let jogging mærker Monica ikke det mindste tegn på træthed.

"Løft dem højere"

Monica ligner en fjeder, hun har ikke det mindste besvær. Det er imponerende, hvordan det kombinerer kraft med ynde og elasticitet.

Dine ben er ét med din krop i bevægelse.

En perfekt helhed.

"Stop, træk vejret lidt"

Monica benytter lejligheden til at trække vejret (selvom hun ikke havde brug for det).

Medlem 231 bemærker ikke en dråbe sved på marsvinets ansigt.

"Push-ups, Monica; start push-ups; fødderne sammen og kroppen lige; stop ikke, før jeg fortæller dig det"

Begynder.

Perfekt.

Et imponerende anlæg.

Efter yderligere fem minutter viser den ingen tegn på at aftage.

Medlem 231 skal på toilettet.

"Kaptajnen vil tjekke, at du stadig laver push-ups; jeg er straks tilbage; ah, vær sød ikke at stoppe og ikke sætte farten ned, ellers ... ja, vi finder noget smertefuldt at gøre rigtigt væk, tæve."

Da kvinden går væk, fortsætter Monica med øvelsen. Nu fortryder han noget at have svaret kvinden forkert dagen før. Men han ved, at han handlede på sine instinkter, og hans stolthed forbliver intakt.

Medlem 231 kommer tilbage fra badeværelset og ser på marsvinet. Hans bevægelse er altid regelmæssig og jævn, men vejrtrækningen begynder at være vanskelig.

Efter femten minutter, beregner du en pushup i sekundet, vil du have lavet næsten ni hundrede pushups.

Han havde set hanmarsvin på tre tusinde; i hvert fald, da de nåede tusind, faldt deres tempo dramatisk. Monica ... ja, bare et lille gisp.

"Med dig vil jeg have, at overvågningen skal fordobles ... eller bedre, tredobles; Kaptajn, lad endnu ti komme; der skal være femten, hvoraf fem er bevæbnede. For fanden... jeg vil se dig svede, jeg " m utålmodig. Du, stå op lidt temperaturen "

Færdig.

Monica begynder at føle sig træt, sveden dannes både af udmattelse og af varmen i rummet.

På et tidspunkt begynder det uundgåeligt at aftage.

Medlem 231 er tilfreds med det opnåede resultat.

"Tja, tillykke, stå op"

Monica, der trækker vejret tungt, rejser sig.

For hende var det et show af træning, men ikke noget særligt krævende; kun temperaturstigningen generede ham.

Dette er det øjeblik, du har ventet på.

"Tag dit tøj af".

Modvilligt gør han det. Ud med toppen af dragten.

"Fuldstændig, jeg vil have dig helt nøgen"

Færdig.

"Benene adskilt og hænderne over hovedet."

Denne vision er aldrig blevet set af hende før. Alligevel havde han i alle disse år set mange atleter, flere sorte; sved får deres smukke former til at skinne.

Inde fra cellen gør Mónica, hvad der er beordret for at undgå øjeblikkelig gengældelse, mens hun bevarer et stolt blik, der vidner om hendes ikke underdanige temperament.

På et signal fra kvinden går ti modificerede mennesker ind i cellen og immobiliserer hende med dobbelte stropper (som bestilt af kvinden) til en bar med kroge, der er dukket op fra cellens loft, de andre fem på sikker afstand med bedøvelse spidse våben.

På det tidspunkt, hvor hendes håndled er fastgjort til loftet, har Monica stadig sine ben fri og ved, at hun kunne slå mindst fem eller seks af dem ud; men hvordan skal man forholde sig til andre og især med bevæbnede mænd? Så det gør det også muligt at binde dine ankler til jorden. Hun er nu X-bundet stående.

"Træk den lidt op."

Kaptajnen betjener baren med en fjernbetjening ved at bringe den tættere på loftet. Når Monicas fødder er fire centimeter fra jorden , og hendes bevægelser er begrænset til en vis gyngen, stopper mekanismen.

Medlem 231 er i ærefrygt.

Han nærmer sig langsomt Monica i lænker og snuser til hende.

Din sved er behagelig for duften. Efter anstrengelse har brysterne en smuk lyserød farve; brystet hæver sig og falder og viser kvindens animalske femininitet.

Tungen i armhulerne. Monica, der havde forsøgt at forblive ubevægelig for ikke at tilfredsstille kvinden, rykker ukontrolleret og trækker i remmene, til medlem 231's påskønnelse.

"Mmmm, er det muligt, at du er kildren? Vi får se, vi får se, måske en anden dag. Lad os nu være i fred."

De modificerede mennesker trækker sig tilbage. Monica undrer sig over, hvad kvinden ønsker af hende. Han ved, at han ikke skulle have såret hendes læbe, nu dækket af en bandage. Han laver en instinktiv gestus og begynder at hive i stropperne, som dog, delvist elastiske, absorberer hans indsats uskadt og uden at give efter. Derefter fornyer han stædigt sin indsats ved at bøje sine arme og ben lige nok til at få mere indflydelse.

"Hej, kom tilbage her et øjeblik! Hurtigt"

Mod-mennesker er tilbage med et godt løb.

"Jeg vil have dig til at tilføje flere stropper; du må hellere være ultra sikker, selvom du aldrig kunne knække dem alligevel, tæve."

Monica er ked af det, men fastholder sin opførsel og viser ingen afvisning. Det ville faktisk have været umuligt at slippe fri, men kvinden er meget bange for ham, efter det forrige spark.

Nu er den endnu strammere end før, de ekstra stropper efterlader dig med meget lidt bevægelse.

"Nu kan du gå"

Nu er de alene.

Medlem 231 stirrer på Monica i fem minutter og forbliver ubevægelig. Monica siger ingenting og afslører ikke følelser.

"Nå, du har et godt temperament, hund."

Monica har et stolt blik og undgår kvindens blik.

Vejrtrækningen er roligere nu.

"Du taler ikke. Hvad skal du sige på den anden side? Tæver taler ikke. Du kunne i det mindste undskylde mit snit på dine læber, har de ikke lært dig høflighed?"

Stilhed.

Ved berøring af kvinden på den muskuløse mave hopper Monica.

"Ah, men der er du. Hør, frække, om et par dage har jeg dig hele natten. Jeg ved ikke, hvor du kommer fra, hvordan kan du være så smuk og stærk på samme tid? Nogle gange har jeg tænkte, at der ikke kan være nogen som denne på denne planet. Åh, men bare rolig. Jeg vil få dig til at lide. Fysisk. Og så vil du bede mig om at tilgive dig. "

Niv maven rundt om navlen, slik på brysterne og brystvorterne. Det virker som en drøm. Han bider ned på hendes venstre brystvorte, og Monica rykker, mere med stolthed end smerte, og vender hovedet til siden.

"Du vil se ned og bede mig om at kysse dig og sige, at jeg er din eneste gudinde på jorden."

Han bider hårdt ned på hendes brystvorte, Monica undertrykker et skrig, men et "nnnggghhhhh!" det undslipper ham.

"For i dag er det fint, men det slutter ikke her ... vi mødes snart igen; du ved, jeg har kommandoen på denne ø, som er glemt af verden."

Monica, ved ordet "ø", har et øjebliks panik. Dine chancer for at undslippe er praktisk talt nul, hvis du er på en ø.

For nu er hun stolt over, at hun ikke er bukket under for kvinden.

De modificerede mennesker vender tilbage til deres daglige rutine, og dagen går glat.

Sonia og Robert arbejder ihærdigt på den regenerative maskine.

I praksis er det et kæmpe æg, hvor alle, der sidder inde i fem minutter, kan hele fra alle former for sår, sygdomme og skader. Det kan ikke gøre noget imod normal aldring, men at bære det hver dag kan i teorien forlænge dit liv meget.

Efter adskillige forsøg med marsvin efter at have fået dem udsat for mindre snitsår, forbrændinger, skrammer, gik Sonia og Robert videre og udsatte marsvinene for alvorlige traumer, forstuvninger, delvise lemlæstelser og kurerede dem derefter med overraskende resultater. De er nu ved at færdiggøre tests for at forbedre maskinens pålidelighed og effektivitet.

Robert tester det på sig selv. Selvom han ikke er skadet eller syg, bruger han det i to minutter. Når du først er udenfor, føles det som om, du lige er vågnet op fra dages søvn, helt ny, din kropsholdning mere oprejst, din krop mere tonet. Hun spekulerer på, hvilken effekt det kan have ... på hende. Sonia spørger ham også.

Særligt møde.

Mødelokale med Sonia, Robert, Julia, Samantha og Paul.

Medlem 231 kommer ind, de andre rejser sig som et tegn på respekt.

"Godmorgen kære kolleger. I dag præsenterer jeg for jer den længe ventede Monica. Der er en masse nysgerrighed hos alle, mænd og kvinder. Blandt os indrømmer jeg, at når jeg ser hende uden tøj, vakler min heteroseksualitet meget. Hey, se på denne optagelse: efter hendes tilfangetagelse så jeg hende og blev ramt af hendes fysik såvel som hendes ansigt, så jeg satte hendes gymnastikevner på prøve - hun kæmper for at give hende et falsk håb om at undslippe. Jeg kan kun fortælle dig at hun var ubevæbnet. (udover at være nøgen, kunne jeg ikke lade være med at klæde hende af) mod ti modificerede mennesker bevæbnet med kæder og stave ... ja, se ":

Kampens film forløber fra de første øjeblikke, hvor hun ses omringet, i øjeblikket af hendes angreb, derefter til de slag, hun modtager, hende, der står op som ingenting, hendes øjeblikkelige sejr. Efter scenen fortsætter videoen med indgangen af de andre tyve, der fanger hende, ikke uden besvær, takket være netværket, samt den åbenlyse numeriske overlegenhed. Medlem 231's kampscene er ledsaget af et "Oohhh" af generel forbløffelse. Så blev hun bundet til tremmesengen med stropper. I slutningen af videoen fremhæver nogle stillbilleder nogle næsten unaturlige akrobatiske bevægelser, samt hans storslåede former.

Julia og Samantha, notorisk lige, ser bekymrede på hinanden.

"Medlem 231, du har ret; jeg kender ikke min kollega Samantha, men når jeg ser sådan et eksemplar, kan jeg nemt skifte side; hej, se når de rammer hende, hun har en skør bevægelse; dyr, men sød; kraftfuld men bøvlet, hurtig næsten umenneskelig henrettelse ... mmm ... hvem ved, hvor mange ting vi kan få ham til at prøve. "

Medlem 231 griber ind.

"Nå, uden yderligere papirarbejde, her er originalen."

Modificerede mennesker bærer et bur. Indenfor har Monica en lilla badedragt på. Den er lænket ved håndled, ankler og med en krave fastgjort til toppen af buret, med ringe mulighed for bevægelse. Bandageret og med refraktor i munden.

"Jeg kneblede hende, hun er oprørsk, jeg vil ikke have, at hun fornærmer mine kære ledsagere. Hun har allerede fornærmet mig, men jeg er ikke modtagelig ... ja, også fordi jeg ved, hvad der venter hende."

Monica indser, at hun bliver overvåget af flere mennesker, men foregiver ligegyldighed.

Paul tager en elektrisk stikker og slår hendes højre balde, hvilket får marsvinet til at gispe, da hun begynder at trække sig tilbage. Selvom kæderne er tykke og sikre, tillader de bevægelsesfrihed ved at bringe maven tættere på forsiden af buret; men der venter Sonia på hende, også hun med en stikke, og slår hende i maven, så hun trækker sig tilbage.

De andre er med i spillet og for Monica bliver situationen mildest talt "haster". De driller hende på skift, fra hver side af buret, nogle gange med korte mellemrum, nogle gange med sadistiske pauser, uden at sige et ord.

Stingerne er ikke specielt smertefulde, især for et robust og sundt eksemplar som hende, men de er meget irriterende og fremkalder frem for alt ukontrollerede bevægelser af kroppen, hvilket tilbyder et smukt skue til torturister.

Badedragten i ét stykke tilføjer et stænk af farve til din personlighed, men efterlader alligevel lidt plads til fantasien hos sadistiske tilskuere. Samantha sætter pris på, hvordan hendes krop, når den bevæger sig, skaber meget sensuel muskeldynamik, ting, der ikke kunne bemærkes på billedet.

Efter flere minutter begynder Monica at blive vred og vride sig som vild raseri og glemmer, at hun havde foreslået at begrænse sine følelser og frustrationer for ikke at give tilfredsstillelse til den, der torturerede hende.

Paul aktiverer på sadistisk vis brodden i inderlåret med en langvarig handling i et par sekunder, hvorved han får et grynt kvalt af biddet. Larmen fra kæder, der rører hinanden, og synet af dem, der omslutter det levende kunstværk, er en velsignelse for sadistiske torturister.

Monica er udmattet. Hendes vrede bliver til frustration, og hun kan ikke holde tårerne tilbage. På trods af dette rører stikkene hende igen og igen, ubønhørligt. Nu rejser og falder hans bryst krampagtigt, ude af kontrol.

"Hold op."

Medlem 231 beordrer marsvinet til at blive bragt til midten af bordet, som kollegerne sidder omkring.

"Kære kolleger, her er programmet for de første uger: hver morgen træner Monica, hun vil holde sig i form efter proceduren; Om eftermiddagen laver vi alle slags tests, især den første uge; om natten, allerede ved at forestille mig, at alle vil have det, vil den første tur være vores ... at være mit legetøj, ikke sandt?"

Han håner hende igen med sin brod. Monica udsender et "nnnggghhhhh" af raseri, især over ordet "legetøj", uden at vide, hvad hun skal forvente, og begynder at trække i kæderne. Da hun er lidt svedig, ser hendes krop endnu mere dyrisk ud.

"Vi bliver nødt til at forberede en kalender ... ah, forudsat at jeg, Robert, Sonia og Paul vil, jer to, Julia og Samantha? Hvad synes du? Du kan også fortsætte med drengene, hvis du vil, ingen tvinger dig"

"Se, medlem 231, som jeg sagde før ... dette tror jeg, jeg kan sige med absolut sikkerhed, at vi for første gang vil være interesserede i kvindekroppen; dette overgår ethvert andet marsvin, vi har haft."

Når hun siger det, løber Samantha en finger fra navlen til den lænkede hunds armhule, hvilket forårsager hende endnu en ukontrolleret reaktion og et kvalt "nnggrrrrr".

"Den gøende tæve bider ikke; se på hendes krop, hun ligner en vild" Medlem 231 fortsætter.

"Så om mandagen Julia og Samantha, tirsdag Paul, onsdag hvile (efter Paul vil jeg meget gerne se, om han stadig praler), torsdag jeg, fredag Robert, lørdag Sonia, søndag hvile. Jeg tror, det kunne være sådan i den første uge. I dag vil vi give dig en test af dine ... fysiske evner, ikke, doggy? "

Rør, berør bagfra på numsen med deraf følgende start af Monica.

Træningsrutine

"nnggghhhhh"

Monica gisper, mens de modificerede mennesker fjerner hendes gag.

Nu er det udendørs; for første gang indser han, at han virkelig er på en ø; synet af havet omkring Monica har en desperat start.

Men nu skal du finde ud af, hvad der foregår.

Der er andre mennesker klædt som hende, selv i forskellige farvede badedragter, kvinder i bikini eller som hende i en hel badedragt, mænd, med trusser. De ser ud til at være fysisk stærke mennesker, atleter af forskellig art. De er omgivet af bevæbnede modificerede mennesker, en gang, der ligner et åbent bur. Fra sin position kan Monica se, at korridoren - buret fortsætter så langt øjet rækker.

Ikke langt væk er en nøgen mand X-bundet i det fri, til en langsomt roterende mekanisme, der udsætter ham fuldt ud for solen. Monica flipper ud, og hendes blod løber koldt ved tanken om, hvad de kan gøre ved hende.

Medlem 231 dukker op sammen med de to idioter og andre uden for buret.

"Godmorgen, marsvin."

"Hej, medlem 231"

Marsvinene reagerer i kor, bange, Monica udelukket.

"Har de ikke lært dig at sige hej, tæve?"

Monica står stille med et stolt blik.

"Du ved godt, at din styrke her ikke vil hjælpe dig, vel?"

Hun nikker med hovedet, og otte modificerede mennesker nærmer sig hende inde i buret med deres våben spidse.

Monica ser på den uheldige mand, der tvangsholdes ude i solen og giver afkald på stolthed.

"Godmorgen medlem 231"

"Men hey, vi lærer gode manerer; du er ikke så dum, som du lyder, tæve ..."

Monica har et instinktivt træk til at løbe mod hegnet, famler efter at bestige det og ramme det igen, men så snart hun antyder et træk, blokerer de modificerede mennesker hendes vej og peger deres våben mod hende.

Medlem 231 smiler.

"For dem, der ikke er bekendt med reglerne - et blink til Monica - er der fem mænd og fem kvinder, plus yderligere ti, der lige er færdige, men som ikke aner, hvor lang tid de allerede har gjort ... du vil lave en omgang på tre kilometer. Vi starter i tilfældig rækkefølge, de vil blive timet. På hver omgang stopper den langsomste mand og kvinde, og de vil blive betragtet som sidst klassificeret. For resten, igen det samme, hver tredje kilometer er der en Klassificeringen foretages i rækkefølgen af eliminering og derefter efterhånden Det siger sig selv, at de sidste tre vil blive brugt ... til ubehagelige eksperimenter, fra det syvende til det fjerde ... intet at gøre, det andet og tredje en fridag og den første ... en hel uge fri"

Monica mærker spændingen i de andre "konkurrenter". Det er den fjerde, der går.

Du ved ikke, hvilken strategi du skal vedtage; hun syntes at forstå, at alle er atleter; Han skal konkurrere med kvinderne, hvoraf nogle havde en mere massiv fysik, til korte løb; i disse kan den sejre over lange afstande, men den er bange for at blive elimineret på de første tre kilometer. Så uden for mange udregninger fokuserer han på at være en del af en stor karriere.

I den første kilometer indser Monica, at manden, der kom efter hende, er ved at indhente det. Det burde ikke være et problem, da hun konkurrerer med kvinder, men det er første gang, at en mand følger hende og går endnu hurtigere end hende; måske er de andre fanger blevet "taget" fra atletikkens verden; Desuden kunne den måde, de vedligeholdes og trænes på hver dag, øge deres præstationer. Derfor begynder hun at accelerere, lidt bange og bange for de såkaldte "eksperimenter". Manden nærmer sig hende ikke længere og holder konstant afstand. I slutningen af rundturen på øen ser han skikkelsen af en mand, som han næsten har nået. Ved ankomsten til målstregen er de modificerede mennesker forberedt, og de andre er med timere og computere. Efter målstregen stopper de modificerede mennesker ham med deres spidse våben; de immobiliserer manden foran hende og skubber ham af vejen; det forekommer ham, at han er rædselsslagen og græder. Det er klart, at han er den første, der bliver elimineret, og er bestemt den sidste eller næstsidste, han ved, hvad han kan forvente. Monica, der tænker, at hun ikke længere vil være en af de sidste, tager de sidste meter med en roligere fart for at forberede sig til et distanceløb.

Sandhedens øjeblik: du passerer målet ... du ser ingen særlige bevægelser, du kan fortsætte. Nu forstår du grusomheden i spillet: at skulle løbe uden reference og altid på dit bedste. Suset, der blev taget i slutningen af omgangen, trætte hende en smule, men hun genvinder styrke og bevidsthed ved at tænke på alle sine tidligere træninger, og ved at tænke på, at hun trods alt er Monica G. Med sin vejrtrækning kommer han sig og begynder at sætte farten op. Efter anden omgang er hun stadig i løbet, og det trøster hende i betragtning af frygten for, at hun slap ud af, hvad der kunne ske med hende; Desuden nærmer manden, der nåede hende, sig ikke længere, et godt tegn. Nu kommer han tættere på ideen om at kunne vinde mindst én fridag.

Stakkels naiv, Monica er ikke klar over, hvad der sker i tidskørselszonen. Medlem 231 ser vantro på timingdataene sammen med de andre: Efter en første omgang på linje med de andre marsvin var Monica den hurtigste i anden runde, endda foran mændene; I tredje omgang er det den eneste, der har sænket tiderne i stedet for at øge dem; hans tempo er beundret af alle: en fremragende karriere, som ikke synes at volde ham den mindste træthed; først efter de første seks kilometer begynder man at se sved på hans pragtfulde krop, som pynter på hans i forvejen pragtfulde og slanke former. Medlem 231 henvender sig til sine kolleger:

"Som du kan se, synes det, der bliver sagt om hende, at være sandt, i hvert fald i løbet; da det er et eksempel ud over alle parametre, så vil hun konkurrere i puljen, på trods af procedurerne, der forbyder to løb på samme dag ; her kunne hun nemt vinde, uden selv at blive for træt, men vi vil have hende til at tro, at hun sluttede på fjerdepladsen ... der er ingen måde at give hende en fridag, jeg glæder mig virkelig til at prøve det."

På fjerde omgang mærker Monica de første tegn på træthed, men hendes løb går godt, og hun ser muligheden for at få et velfortjent hvil.

Men på fjerde omgang stopper de hende med en smule forbavselse: er det muligt, at nogen har været hurtigere?

"Nå, tæve, da den første dag ikke er dårlig. Ved et hår, du ikke blev tredje ... tålmodighed, det bliver til en anden gang"

De immobiliserer hende og tager hende med ind i arresthuset, til hendes celle. Vand efter behag og nogle kosttilskud.

Efter femten minutters total hvile nærmer Robert og Sonia sig alene til cellen.

"Hej Monica"

Robert begynder.

Sonia observerer, uden at hilse på hende, kroppen fra top til tå i sin badedragt i ét stykke.

"Vær forsigtig tøs"

Robert smiler.

Monica har, på trods af de ti miles i rasende fart, stadig noget energi. Han kaster sig af al magt på glasset, sparker og slår, skriger og kaster ud mod de to tidligere holdkammerater.

"For helvede! Hvad vil du have mig? De får mig aldrig, men jeg slår mig selv ihjel først! Forstår du, dit naturmonster? Og din psykopat? Du får mig aldrig!"

Som svar drejer Sonia på kontakten, der hæver temperaturen, med cellen opdelt i to dele, og vandet strømmer fra et brusebad.

Monica begynder at svede, varmen bliver uudholdelig efter et par minutter.

Sonia vender sig mod den bange Robert:

"Bare rolig, hun elsker livet for meget til at begå selvmord, én ting er ordene udtalt af et vredt udyr, én ting er at blive dræbt alvorligt ... du ved, jeg kender hende ... ja, ganske intimt"

Monica, da hun mærker temperaturen stige igen, indser, at hendes er en tabt kamp.

"Okay, det er nok, jeg gør hvad du vil, bare fortæl mig hvordan jeg afslutter det her"

"Vær opmærksom tæve"

Det gør Monica med tårer i øjnene.

Sonia trykker på en knap, skruer ned for varmen, hæver grillen, og Monica går mod vandet.

"Høj"

"Men hvordan gjorde jeg ikke, hvad du ville?"

"Ikke endnu tæve; du skal skifte til næste løb; tag badetøjet af."

Monica gør det modvilligt.

"Sæt din badedragt i sprækken. Godt. Vend nu mod os, knæl ned og læg hænderne på dit hoved."

Fra glasset ser Robert og Sonia på deres knælende fange.

Robert griber ind, indtil det øjeblik han var blevet på sidelinjen og overlod spillet til Sonia.

"Jeg vil hellere have, at du står ... tæve"

Monica rødmer; Indtil det øjeblik havde Robert virket venlig.

Robert, du kan ikke undertrykke et sadistisk smil. Han er ved at komme over sin generthed over for sin tidligere kærlighed. Nu er hun nøgen, stående og prisgivet hans nåde. Du kan se hans muskler i hver tomme, hans bryst dunkende. Marsvinets fysiske styrke er ubrugelig mod øens fastholdelsessystemer, kontrasten mellem hende og de to forstærkes yderligere af hendes nøgenhed og det faktum, at hun dominerer dem i statur.

"Nå, ja, snart vil vi være i stand til at studere din krop og uden hastværk, vend nu om, vis os din faste røv"

Monica overrasket vender sig om med al sin majestæt. Set bagfra fremhæver den fastheden af de lange ben, balder og ryg. Armmusklerne set bagfra er en levende skulptur og bevæger sig som pile.

"Spred dine ben og læn dig fremad, nu, hvil armene på gulvet"

Monica mærker, at hun rødmer, når hun mærker en kold genstand som jorden i hendes hænder.

I det øjeblik han læner sig ind, føler han sig sårbar over for synet af dem begge i al deres privatliv. De rigelige bryster skiller sig ud mellem lårene, benene er lige takket være en usædvanlig fleksibilitet. De to står tilbage med viden om, at det snart vil være fuldt tilgængeligt.

Monica, i den stilling, mærker efter intens fysisk aktivitet og træthed en mærkelig varme komme fra maven; en mærkelig fornemmelse af nydelse overtager hende.

"Hvordan er det muligt?"

De undrer sig begge.

Sonia og Robert kigger lidt overrasket på hinanden, læser næsten hinandens tanker, fanget af tvivlen om en eventuel like fra deres side.

Sonia griber ind

"Nå, du kan gå og køle af."

Monica, i stedet for at føle sig lettet, er næsten tilbageholdende med at forlade posten, men afviser hurtigt ideen og sætter kursen mod vandstrømmen og køler af.

Fantastic Girl

Den næste test er lavet i en bikini, med en rød top og blå trusser, den slags ret beherskede, bevidst stramme for at fremhæve hendes bryster og brystvorter, som takket være den friske luft var ret tydelige.

Det er i en pool med en to meter høj kant, for at undgå ethvert flugtforsøg. Der er mænd og kvinder som i det foregående løb, reglerne er de samme, med runderne dækket som parameter.

Efter ti omgange er den første elimineret. En kvinde, der er bange for udsigten til de eksperimenter, hun var ved at gennemgå, har den usunde idé at prøve at flygte, når hun kommer ud af poolen. Da hun er meget fysisk stærk, formår hun at besejre seks modificerede mennesker på trods af håndjernene på hendes håndled, før hun bliver bedøvet af de mærkelige våben.

Monica stopper ikke for længe og forsøger at gøre sit bedste, på trods af det ti-mile løb, hun lige har lavet. Svømning er en af de ting, han gør bedst.

Medlem 231 overholder tidsplanerne som sædvanligt og bemærker den samme tendens, som allerede var tydelig i løbet: pigen ser ud til at blive bedre med tiden. Også her begynder hun efter den stille start at være endnu hurtigere end mænd. Og selv her blev det besluttet at "få" hendes femte, trods den klare mulighed for at kunne se hende på det øverste trin af podiet, endnu bedre end herrerne allerede efter første løb.

Monica er, selv her, en smule overrasket, men indtil videre er hun tilfreds med, at hun ikke sluttede på de tre nederste pladser.

Men tanken om at flygte kom til ham efter at have set den tidligere svømmers forsøg.

Han indså, at der ved siden af poolen er en helikopterplacering og måske ...

Den idé gør hende modig og drager fordel af den linje, der vil blive lavet med svømmerne, og før de lænker hende igen, vil hun udnytte den sidste mulighed, hun tror, hun kan have, før det, der venter hende om natten med medlem 231, for at forsøge at gå til helikopteren.

Hun vælter de to modificerede mennesker, der omgiver hende, og går lige som en pil mod medlem 231, der er overrasket over kvindens hurtige reaktion.

På dette tidspunkt er hun ved at blive en Fantastic Girl igen.

Han udnytter en stolpe, som han samler op fra jorden og med dens hjælp planter den på jorden og med et utroligt hop passerer han over de vagter, som medlem 231 har sendt i sin fangst efter den første overraskelsesreaktion, og lander ved siden af hende, giver hende et nyt spark i ansigtet og immobiliserer hende.

"Hvor nogen nærmer sig mig, jeg dræber hende lige her, for fanden!

Medlem 231 gestikulerer til de modificerede mennesker for at holde sig væk.

"Hvad skal du nu gøre, kælling? Jeg var begyndt at kunne lide dig, men efter dette kommer du til at lide mere, end du kan forestille dig, tøs"

"Hold nu kæft ellers brækker jeg nakken på dig lige nu, lad os gå stille og roligt hen til helikopteren ..."

Medlem 231 indser, at der er en reel mulighed for, at hendes plan vil virke ved at holde hende som gidsel, og hvor stærk hun er selv efter to opslidende tests...

Så prøv at distrahere hende...

"Se... der er Sonia og Robert, vil du ikke fortælle dem noget?

Monica kigger et øjeblik, hvor medlem 231 peger, så hun benytter lejligheden til at forsøge at komme væk, men den kraft, hun holder hende med, er sådan, at Monica straks indser manøvren og slår hende i maven.

"Næste gang du vil prøve at narre mig, slår jeg dig ihjel, kælling. Hvor er helikopterpiloten? Ring til ham for at komme og forberede det"

Medlem 231 gør, som hun får besked på, så i løbet af få øjeblikke dukker en person klædt i militærtøj op ved siden af helikopteren og går ind for at sætte den i drift.

I og med at Sonia og Robert allerede er ved siden af dem med ansigter, der er svære at tyde, men de virker forvirrede.

"Medlem 231 hvad sker der her?"

Monica ser på dem med et sådant had, at de viger tilbage, men ikke nok ...

Selv med medlem 231 støttet med en arm kaster Monica et dødbringende ben mod dem og rammer Sonia direkte i nakken. Dette fald blev ramt ned til jorden, død på stedet.

Robert er lammet af overraskelse og rædsel over at se sin ven falde død, hvilket giver Monica mulighed for at kaste endnu et spark mod ham denne gang i kønsorganerne med en så overmenneskelig kraft, at Robert udstøder et umenneskeligt skrig af smerte og gnider sig på det. etage.

"Dette er for at få dine æg til at holde op med at virke for altid, din skide sadist"

Og med en hurtig bevægelse stiger han ind i helikopteren, der allerede er i gang, bag medlem 231, som han har skubbet ind.

"Jamen, du kan forestille dig, hvad jeg vil have, så bestil det!"

"Pilot, lad os tage til fastlandet"

Helikopteren begynder at rejse sig, så Monica kan trække vejret igen, hun havde indset, at hun havde holdt vejret i lang tid, og hun begynder at se, at hun var ved at komme ud af det helvede.

Da helikopteren allerede er over havet nogle få kilometer fra øen, henvender Monica, Fantastic Girl, sig til medlem 231 ...

"Tæve, det var rart at møde dig..."

Og kaster den i havet ...

AFKLÆDNINGSLEGEN

Paul og jeg var gået til en fest holdt af venner af ham.

Han kendte næsten ingen, men de virkede som en dejlig flok.

Paul undskyldte og begyndte at tale med nogle holdkammerater, han ikke havde set siden løbet sluttede, så jeg blev alene.

Jeg skænkede mig sangria og begyndte at drikke roligt og kiggede mig om efter en, jeg kendte.

Alle havde travlt med at tale med nogen, og han ønskede ikke at afbryde nogen samtale.

Pludselig så jeg et par mennesker glide gennem døren bagerst i lokalet.

Inden længe kom der også tre personer mere ind.

Så en mere.

Det var for meget for min nysgerrighed, så jeg besluttede at se, hvad der foregik derinde.

Jeg åbnede døren og så en stor gruppe mennesker kigge ind mod midten af rummet.

Jeg stod på tæerne for at se, hvad de så på, og opdagede en dreng i begyndelsen af tyverne, der sad på et bord med en æske fuld af små kort i hånden.

Folk lo ustandseligt, og det vakte endnu mere min nysgerrighed.

Jeg besluttede at bede nogen om at finde ud af det.

Jeg bankede en pige foran mig på skulderen.

"Hej, undskyld. Hvad er alt det her? spurgte jeg og hævede min stemme over latteren.

"Vi leger" Tør du? " "Han svarede" Vil du spille?

"Jeg ved ikke, hvordan man spiller" sagde jeg.

"Det gør ikke noget, jeg vil forklare dig det lige nu," udbrød han. Du vil se, hvor nemt det er. Når din tur kommer, skal du vælge et kort fra boksen, som 'moderatoren' af spillet bærer, som er drengen på bordet. Der står en "udfordring" på kortet, som du skal opfylde. Hvis du beslutter dig for ikke at overholde, skal du betale pant. Du skal tage noget tøj af.

"Jeg forstår det. Det er derfor, der er den der uden skjorte," sagde jeg og pegede på en mand, der grinede. "

"Det var det" svarede hun. "Det er, at vi har leget i et stykke tid. Ud over det er der andre, der allerede har betalt pant. Den pige er allerede i sine trusser, og jeg var nødt til at tage mine sko af."

Jeg kiggede ned på hans fødder og så, at han talte sandt.

Jeg smilede, takkede ham og forlod rummet.

Jeg ledte efter Paul for at spørge, om han ville komme ind og lege med mig.

"Nej skat" svarede han "Du kan se om du vil, jeg taler med nogle venner fra universitetet."

Jeg gik ind alene.

De fortalte mig, at for at komme ind i spillet, skulle jeg først fortælle det til moderatoren.

Det gjorde jeg, og da det blev min tur, tog jeg et kort.

"Med bind for øjnene, kys tre medlemmer af det modsatte køn og gæt derefter, hvem der er hvem."

De valgte tre mænd, og de gav mig bind for øjnene.

Den første virkede som om han ville nå mine mandler med tungen.

Den anden brugte tungen mindre, men brugte næsten et minut på at gnide min røv, mens han kyssede mig.

Den tredje brugte også tungen meget og gned ikke kun min røv, men strøg også mine bryster.

Jeg lod dem gøre det, for hvis jeg havde stoppet nogen af dem, ville de have elimineret mig.

Jeg tog bind for øjnene og slog alle tre, en for hans skæg og de to andre for højden.

Da det blev min tur igen, var der allerede en kvinde i bh og trusser, og en mand i sine underbukser.

Jeg tog et nyt kort ud.

"Du bliver nødt til at vise dit undertøj til den, der kan matche dens farve. Tre personer kan teste."

Hvilket uheld! Hun var iført strømpebånd og matchende sorte trusser.

Nogen ville sikkert finde på at sige den farve.

Men det værste var, at trusserne var gennemsigtige, og jeg kunne se alt igennem dem.

Hvorfor ville jeg ikke have båret de rødbrune trusser?

De valgte tre andre mænd.

Den første sagde, at han ikke havde noget på.

Jeg lo og fortalte ham, at han havde fejlet.

Den anden sagde, at den var sort.

Bingo! Du har ret!

Jeg bad ham vende om og løftede min kjole, så kun han kunne se hende.

Da han så mig, fløjtede han taknemmeligt.

Spillets moderator sagde, at da jeg havde tabt, var jeg nødt til at fjerne noget tøj.

Med en sensuel gestus lagde jeg mine hænder under min nederdel, sænkede mine trusser og hængte dem på bøjlen med resten af det tøj, som de andre allerede havde fjernet.

På næste skift mistede to mænd deres bukser og en kvinde deres bh, og to personer forlod spillet med kun ti personer tilbage.

Den topløse kvinde mindede gruppen om, at jeg ikke havde lavet det samme antal tests som resten af personerne og foreslog, at jeg havde to ekstra tests for at sætte mig på samme niveau som de andre.

Folk ignorerede mine protester og stemte hurtigt for at give mig to ekstra prøver i træk.

Jeg tog det første kort ud.

"Tag din bh af uden at åbne nogen knapper på din kjole eller bluse."

Da min bh åbnede sig foran, åbnede jeg den uden problemer og førte den ene side under hver af mine arme.

I mellemtiden stirrede alle på mig, og jeg hørte nogle mennesker kommentere, at alt var gennemsigtigt for mig.

Moderatoren sagde, at en af spillets regler forbød at bære noget tøj igen.

Jeg tog et nyt kort ud.

"Vælg tre personer af samme køn med halmspillet. Fransk kys et, der varer mindst et minut."

Jeg knækkede tre tændstikker, blandede dem med et par andre og gav dem rundt, så hver kvinde kunne vælge en.

Den, der fik en af de tre ødelagte kampe, ville have en præmie.

Joanna, en rødhåret pige i tyverne, en krop med perfekte kurver og lidt kortere end mig, var den første til at tage en af dem ud.

Han grinede og sagde, at han altid havde været god til det spil.

Han fik mig til at sidde på knæ, og moderatoren mindede mig om, at hvis jeg afbrød kysset, ville jeg miste udfordringen.

Joanna begyndte at kysse mig med stor beslutsomhed, og da hun vidste, at jeg intet havde under mit tøj, kærtegnede hun først mine bryster, og så gled hun en hånd ind under min nederdel, efterlod den lige over min pubis, mens hun legede med min klit.

Jeg udholdt kysset, men kunne ikke blive ved med at sidde med de erfarne hænder på min klit.

Ekspert fik han mig til at nå en orgasme, mens jeg vred på hans knæ.

Da jeg afbrød kysset, klappede gruppen, og jeg så, at der var gået seks minutter.

Joanna holdt stadig sin hånd på min dunkende fisse et øjeblik, og så rejste jeg mig.

Han holdt dog ikke op med at trykke på ham, før jeg tog et par skridt væk.

Min vejrtrækning var hurtig, og jeg begyndte at vente på, at min tur kom igen.

En mand mistede sine boxershorts og afslørede en tyk, hård pik.

En anden kvinde mistede sin bh.

Kvinden, der ikke længere havde en bh, mistede sin nederdel og efterlod intet.

Jeg spekulerede på, hvad der ville ske, hvis de tabte igen.

Paul valgte dette øjeblik at komme ind i rummet.

Moderatoren spurgte ham, om han ville blive.

Han tog et kig på de to kvinders bryster og tøvede ikke med at sige ja.

De fortalte ham, at han skulle acceptere fem udfordringer, hvis han ville blive.

Han trak sit første kort frem.

"Med bind for øjnene, kys tre medlemmer af det modsatte køn og gæt derefter, hvem der er hvem."

Jeg var den anden og Joanna den tredje.

Jeg gned Paul, som den første kvinde havde gjort, og gned hans pik gennem hans bukser.

Joanna gjorde det bedre, trak sin gylf ned og rakte ind.

Paul slog mig ikke (han troede, jeg var nummer et).

Han mistede fire af de fem beklædningsgenstande ved at stå der i sine boksere, med en enorm erektion, der kæmpede for at frigøre sig.

Moderatoren meddelte, at det var gået langt nok, og at det var tid til at trække de stærkeste kort.

Jeg fik den første.

De gav mig bind for øjnene og satte tre haner i mine hænder.

Han skulle gætte, hvem hver tilhørte.

Utroligt nok var jeg ikke i stand til at skelne Pauls fra de andre.

Mens alle mennesker i rummet så på, tog jeg min bluse af.

Kvinden, der allerede var nøgen fra forrige runde, tabte sin udfordring, og alle mændene trak et strå.

Moderatoren fortalte kvinden, at hun skulle sidde på pikken af den, der trak det kortere strå i mindst fem minutter.

Jeg så hende sidde oven på vinderen, mens han forsigtigt stak sin pik ind i hendes dryppende hul og spekulerede på, om min straf ville være den samme, hvis jeg blev nøgen.

Moderatoren begyndte at tælle tiden.

Hun forsøgte at opføre sig som ingenting, som om hun ved ikke at bevæge sig ville overbevise os om, at hun ikke blev kneppet der midt blandt alle, men de langsomme bevægelser, hvormed manden trængte ind i hende, begyndte efter cirka tre minutter at reagere.

Hun var begyndt at komme ind i sagen, da moderatoren sagde, at tiden var gået og fik hende til at rejse sig, hvilket hun nægtede, idet hun holdt godt fast i ejeren af hanen, der gav hende så meget glæde.

Vi grinede alle af den underholdte reaktion, mens Joanna og moderatoren forsøgte at fjerne det oprejste medlem fra hendes sultne kusse.

Det lykkedes dem knap nok.

Den næste var mig.

"Se på brysterne på tre kvinder, og identificer dem derefter med bind for øjnene ved kun at røre ved dem med din tunge."

Joanna meldte sig hurtigt frivilligt såvel som to andre kvinder.

Jeg kiggede på deres bryster, målte deres størrelse og træk, og så gav de mig bind for øjnene.

Min tunge skiftedes til at udforske hver af brysterne.

Det gik op for mig, at hvis jeg slikkede dem ivrigt, ville de ende med at udsende en lyd af glæde, der ville hjælpe mig med at vide, hvem hver enkelt var.

Den anden var stille, indtil mine tænder børstede hendes brystvorte, og hun kunne ikke lade være med et stønnen af glæde.

Den tredje stønnede ved det første slik.

Jeg sagde Joanna var den første, og hvem troede hun så, at de to andre var.

Jeg fik ret.

Jeg troede allerede, at udfordringen var bestået, da moderatoren sagde, at han skulle afsone en straf.

Han havde indset, at han havde brugt sine tænder på en af dem.

Han bad mig tage min nederdel af.

Han ville sige, at han skulle blive ved med at klæde mig af, men stoppede, da han så mit varme røde og sorte strømpebånd.

Han fortalte mig, at jeg kunne fortsætte med min nederdel på, men at jeg fra nu af skulle afsone de samme straffe som de spillere, der allerede var nøgne.

Han rakte ind i straffeboksen og trak et kort frem.

Han viste det ikke til mig, men han fik de tre tilbageværende kvinder til at læse det.

De nærmede sig mig, kredsede langsomt om mig og bar mig hen til sengen.

Joanna satte sig på den, og de to andre lagde mig på knæ.

Kvinden, hvis brystvorte var blevet bidt, anbragte tæt på mit hoved, så mit ansigt hvilede på hendes fisse.

Han holdt mine arme, så jeg ikke kunne bevæge mig.

Den anden holdt mine ben og begyndte at lege med min fisse.

"Så du, hvor våd hun er, Joanna? "Jeg hørte ham sige.

I mellemtiden begyndte han at røre ved min klitoris med en finger og udforske mit indre med en anden på samme tid.

Ufrivilligt begyndte mine hofter at vride sig på Joannas knæ.

Pludselig ramte det mig hårdt.

Jeg klagede ikke, for jeg var bange for, at jeg ville gå glip af straffen.

Det ramte mig et par gange mere og stoppede til sidst.

"Hvor mange har der været? "Jeg undrer mig.

"Jeg ved det ikke" svarede jeg bange.

"Så starter vi igen," sagde han.

Joanna blev ved med at piske mig hårdt, mens min fisse blev udforsket af den anden pige.

Denne gang så jeg på at tælle tæsk.

Da han var tyve, stoppede han op og så på kvinden, der holdt mine arme.

"Er han allerede begyndt at slikke dig? Spurgte han.

"Jeg svarer ikke.

"Vi starter igen" udbrød Joanna.

Jeg begravede hurtigt mit ansigt i den fisse, der tilhørte en kvinde, der, som du måske allerede har indset, ikke engang kendte hendes navn.

Joanna blev ved med at slå mig hårdere og hårdere.

Til sidst stoppede han.

Jeg havde talt 23 vipper denne gang, selvom jeg var bange for, at jeg havde misset nogle.

"Hvor mange har de været? Han spurgte mig igen.

"Femogtyve" sagde jeg for at være sikker.

"Nej, du bliver nødt til at gøre det bedre" sagde Joanna "Vi starter igen.

Resten af folket klappede og jublede uophørligt, men ikke mig, men mine torturister.

Jeg hørte også Paul lykønske Joanna med det show, hun fik mig til at vise.

I al den tid havde hænderne, der spillede med min fisse, ikke bremset en tøddel.

Jeg havde allerede mistet tællingen af mine orgasmer (der havde været mindst fem), og at dømme efter antallet af gange, som kvinden, jeg spiste, havde taget fat i mit hoved, havde hun haft mindst tre.

Joanna stoppede sine slag endnu en gang.

"Hvor mange har de været?" Jeg spekulerer på.

"Femogtyve" sagde jeg igen og forberedte mig på en ny tæsk.

"Godt" sagde han uden videre.

Så henvendte han sig til kvinden i mit hoved og spurgte:

"Virginia, har det tilfredsstillet dig?

"I øjeblikket ja" hørte jeg hendes svar "Medmindre hun vokser en pik ..."

"Og dig, Julia? Han spurgte ham, der havde udforsket min fisse.

"Ja" svarede han med tung vejrtrækning "For mig er det okay."

Jeg begyndte at rejse mig, men Joanna stoppede mig og fik mig til at lægge mig ned.

"De kan godt være færdige, men det gjorde jeg ikke" sagde til mig "Nu skal du tælle de næste ti slag, så alle i dette rum kan høre dig. Så vil du kysse mig, Virginia og Julias fisser som en måde at takke dig for hvor sjovt du har haft det med os."

Jeg accepterede.

Det tog ham over et minut at slå mig alle ti gange.

Så kyssede jeg Virginias fisse uden selv at rejse mig og takkede hende.

Jeg rejste mig og kyssede Julias fisse og takkede hende også, og reddede Joanna til sidst.

Den fissespisning, jeg dedikerede til hende, varede omkring tre minutter, indtil jeg endelig mærkede hende komme.

Så takkede jeg også ham.

Da han gjorde det, indså jeg, at han mente, hvad han sagde.

Oplevelsen havde været meget glædelig.

Nu var det Pauls tur...

Paul valgte et udfordringskort, og jeg kunne se på hans ansigtsudtryk, at han ikke havde fået, hvad han forventede.

"Brug kun munden og bind for øjnene til at identificere hanerne på tre mænd."

"Jeg vil ikke gøre det her" sagde han og vendte sig mod mig.

"Vent et øjeblik" svarede jeg noget irriteret "Du har haft det fantastisk med at se, hvordan jeg kørte med tre kvinder, og nu vil du ikke gøre det her. Jeg synes, du er uretfærdig."

"Men, er det ..." begyndte han at sige "Er det ... pikke !!"

"Kom nu" sagde jeg, da jeg så, at jeg allerede var ved at overbevise ham.

Jeg er ikke sikker på, hvilket af mine argumenter, der endelig formåede at overbevise ham, pointen er, at han efter at have tænkt over det et øjeblik meddelte, at han ville prøve.

Jeg så nøje på de tre haner, der var blotlagt foran Paul.

Han havde bind for øjnene og rystede fra top til tå.

Jeg forsøgte at muntre ham op ved at fortælle ham, at dette tændte mig enormt, hvilket var fuldstændig sandt.

Til sidst besluttede han sig og begyndte at tage udfordringen op.

Til sidst var det ikke så slemt, det sluttede på mindre end et minut og ramte kun én.

Moderatoren bad mig hjælpe ham med at vælge straffen.

Med øjnene stadig bind for øjnene fik de ham til at sidde på sengekanten.

Kvinderne, der stadig var i rummet, klædte sig af.

Fra det øjeblik af ville tøjet ikke længere tjene som straf.

Hver af dem sad på sin stive pik i præcis et minut.

Jeg var den fjerde, og Paul genkendte mig fra de strømper, jeg stadig havde på, eller måske noget andet.

Han tryglede mig om at blive lidt længere, længe nok til at komme.

Jeg gav ham et kys, der åbnede hans hals og sad på ham et par øjeblikke mere, mens hans hofter skubbede mig igen og igen og forsøgte at få orgasme hurtigt.

Jeg tillod det ikke.

I slutningen af dagen var det en straf, så jeg rejste mig og forlod ham halvvejs.

Joanna var den sidste til at indsætte sin pik.

Hun vækkede ham nådesløst og forlod ham også, før han kom for at komme.

"Hvis du har brug for, at jeg vælger en anden straf, så tøv ikke med at konsultere mig" tilbød jeg moderatoren, mens Paul rejste sig og udmattet tog bind for øjnene.

"Bare rolig" smilede han til mig "Fra nu af vælger vi mellem de to."

Jeg så Joanna tage det næste kort.

Han læste det for sig selv, og det virkede morsomt.

Vi bad ham læse det højt, og det gjorde han.

"Vælg tre mænd og rør ved deres haner. Sæt dig derefter på dem med bind for øjnene og identificer deres ejere."

Hun gik rundt i rummet og valgte to mænd, mærkeligt nok, dem med de største pik.

Da hun nåede Paul, stoppede hun foran ham og tog forsigtigt hans pik.

Paul tog et skridt frem, glad, for nu skulle han have chancen for at afslutte det, vi ikke havde efterladt ham før.

Men Joanna løslod hende og smilede grusomt.

"For nu har du fået nok" sagde han "Hvis du er god, så vælger jeg dig måske til et andet spil."

Og hun gik fra ham og efterlod ham med en stiv pik og en skuffet skuen i ansigtet.

Jeg kunne ikke lade være med at smile.

Det tjente ham godt.

Joanna valgte den tredje og bragte ham sammen med de to andre.

Hun rørte ved hver af hanerne, indtil de var hårde, og da hun var færdig, fik hun bind for øjnene.

Så spiddede han sig selv på hver af dem uden at give nogen af de tre en chance for at komme.

Hun kom hårdt på den tredje pik.

Uforståeligt nok havde ingen af dem ret.

Vi indså alle, at jeg havde fejlet med vilje, selv moderatoren, der ringede til mig for at overveje.

Til sidst fandt vi en straf i henhold til Joannas personlighed, selvom vi inderst inde alle vidste, at mere end en straf var det en gave til hende.

Vi bandt Joanna til sengen med forsiden nedad, så hendes talje var bøjet i kanten og efterlod hende på knæ med røv blottet for os alle.

Straffen ville bestå i, at hver mand kneppede hende bagfra i præcis et minut.

Jeg ville være ved hendes side for at præsentere hver af hanerne for hende.

Moderatoren ville tage tid.

En gestus af ham ville være signalet om, at tiden var gået, og at de skulle fjerne hans pik.

Hvis de nægtede, ville jeg være den, der havde ansvaret for at fjerne den med magt (om nødvendigt at tage dem i æggene).

Jeg gik hen til Paul og sagde noget i hans øre.

Så tog jeg min plads.

Jeg greb den første af de seks haner, der skulle ind i Joannas hul med begge hænder.

"Spidsen er lidt tør" løj jeg, for alt det gjorde mig til den mest liderlige "Jeg tror, jeg bliver nødt til at fugte den med tungen."

Det gjorde jeg og genskabte mere end nødvendigt, hvilket gav mig en irettesættelse fra moderatoren.

Derefter introducerede jeg det kyndigt.

Lige da Joanna begyndte at bevæge sig i takt med sin partner, gav moderatoren mig signalet om at stoppe.

Jeg tog forsigtigt fat i hans pik og trak den hurtigt ud.

Andet fugtede jeg også med min varme mund, da det som sagt var 'nødvendigt'.

Da jeg satte den i, begyndte hans pik at bevæge sig ind og ud med lynets hast.

På trods af det trak jeg hende ud, før hun kunne opnå nogen tilfredsstillelse.

Den tredje og den fjerde gik på samme måde.

Moderatoren var den femte.

Jeg kiggede på hans pik og rystede langsomt på hovedet.

"Jeg tror, jeg også bliver nødt til at våde denne pik" sagde jeg ondsindet.

Jeg puttede den i munden og begyndte at slikke og sutte den, som om der ikke var andre i rummet.

Jeg brugte mere tid på det end til noget andet.

Til sidst stoppede han mig med sin hånd.

"Jeg tror nok er nok" sagde han og gispede af begejstring.

"Er du sikker på, du vil have mig til at stoppe? spurgte jeg sensuelt.

"For nu ja" sagde han til mig "Senere kan jeg lade dig fortsætte.

Moderatoren var præcis et minut og var den, der kom tættest på cumming, på grund af den begejstring, som min pik-spisning havde forårsaget ham.

Paul var den sidste.

Joanna havde presset sine hofter hårdt mod de sidste to haner og prøvede at få orgasme, men det lykkedes ikke.

Jeg besluttede, at jeg ville få hende til at lide lidt mere før det sidste anfald.

Jeg skilte langsomt læberne på hendes fisse med den undskyldning, at hanen på denne måde lettere ville komme ind.

Det fik Joanna til at gyse af fornøjelse.

Så gled min finger over hele hendes klit og vækkede hende endnu mere.

Jeg troede nok var nok og lod Paul komme nærmere.

Han skubbede hende ind, da Joannas fisse var mere end smurt.

Han begyndte at give ham kraftige stød, som de andre havde gjort, men efter den fjerde tog jeg den af ham og fik ham til at skubbe den op i røven.

Lige i slutningen af minuts strenghed gav moderatoren mig signalet om at fjerne det.

Joanna skubbede tilbage med sine hofter for at forsøge at holde det hævede element på plads, men det lykkedes ikke.

Moderatoren stirrede på mig.

"Nu vil vi stemme for at bestemme den straf, vi pålægger dig" sagde han til mig og talte højt, så hele verden kunne høre ham.

"Straffe? Til mig? Men hvorfor? sagde jeg, vantro.

"For at have ændret reglerne for det forrige spil" svarede han "Hanerne kunne kun komme ind i hendes fisse og ikke hendes røv. Desuden måtte du ikke spise alle hanerne uden min tilladelse".

Ingen stemte imod.

I mellemtiden så jeg Joanna rulle op på hendes ryg, hendes hånd langsomt svævende hen til hendes sultne klit.

Folket var kommet til en beslutning.

"Vi vil give dig bind for øjnene, og så vil vi alle gøre, hvad vi vil, uden at du ved, hvem der gjorde hvad" udbrød moderatoren smilende.

Pludselig lagde nogen et bind for øjnene for mine øjne, og flere hænder skubbede mig op på sengen.

Et sekund senere kom en pik ind i min mund, og jeg begyndte at sutte den ivrigt.

En anden pik gravede ind i min dryppende kusse, men efter fire stød kom den ud.

Så følte jeg, at nogen skilte mine balder ad, og umiddelbart efter kom en anden pik (eller måske den samme) ind i min røv med et enkelt tryk.

Jeg ville skrige, men hanen, der var begravet i min mund, stoppede mig.

De lagde mig langsomt på siden, så hverken hanerne, der kneppede mig, eller de to munde, der begyndte at sutte mine bryster, ville komme væk fra deres mål.

Jeg lagde mærke til, at mindst én af dem var en kvindes, fordi hendes ansigtshud var meget blød, uden spor af skæg.

Flere mennesker stimlede sammen omkring mit køn og forsøgte at trænge ind i mig.

Efter en lille kamp lykkedes det for en af dem.

Sådan var kampen, der var dannet mellem menneskerne mellem mine ben, at jeg følte, som om flere mennesker kneppede mig på samme tid.

Det var, som om alle mennesker var kommet ovenpå mig.

Hanen i min mund gik ubønhørligt ind og ud af hende, mens hanen i min fisse blev ved med at pumpe, men med lidt besvær.

Den ene på min røv trængte stadig ind i mig, men det så ud til, at det meste af stimulationen fra dens ejer kom fra mine bestræbelser på at modvirke alle andres stød.

Tilsyneladende havde de to mennesker, der suttede på mine bryster, besluttet at tænde mig og stimulere mig så meget, som jeg kunne klare.

Sandheden er, at jeg var glad for, at jeg havde bind for øjnene, så jeg fuldt ud kunne koncentrere mig om, hvad de gjorde ved mig.

At se, hvad der skete, ville kun have tjent som en distraktion.

En af pigerne tog min hånd, lagde den på sin fisse og begyndte at gnide sig med mine fingre og brugte dem til at onanere.

Hun var så forvirret over alt, at hun ikke kunne reagere.

Det var, som om jeg var blevet et objekt, som om jeg var blevet frataget min vilje.

Hanen i min mund begyndte at dunke.

Sekunder senere skød en strøm af mælk op i halsen på mig.

Jeg prøvede at sluge det hele, men nogle faldt ned af kinden på mig.

Inden jeg kunne komme mig, satte de en fisse i stedet, som jeg begyndte at slikke uden forsinkelse.

Tilsyneladende havde de to, der kneppede min fisse og min røv, fundet en fælles rytme.

Med deres stød fik de mig til at komme.

Jeg var midt i min anden orgasme, da jeg hørte et skrig, og manden, der kørte min fisse, kom.

Så, da han langsomt trak sig tilbage, mærkede jeg, at hans sperm langsomt begyndte at flyde ud af mit hul.

Hans partner, fuldt dedikeret til min røv, blev ved med at pumpe endnu hårdere.

Et ansigt dukkede op på min fisse og begyndte at slikke den lidenskabeligt.

Følelsen af at blive kneppet i røven, mens en anden spiste min fisse, var ny for mig.

Jeg begyndte at komme igen.

Nogen begyndte at trække mit hår.

På trods af besværet forsøgte jeg at blive ved med at overholde kravene fra den fisse, der var på mit ansigt.

En ny pik dukkede op i min hånd, og jeg begyndte at vrikke den op og ned.

En af mundene, der var på mine brystvorter, forsvandt og indtog dens plads et par stærke hænder, der begyndte at skrubbe mine bryster og ælte dem, som om de var brøddej.

"Jeg tror, den her pige vil have smæk et par gange" sagde en stemme til højre for mig, som jeg ikke kunne finde ud af, hvem den var.

Den fisse, jeg suttede, pressede sig endnu tættere på mit ansigt.

Jeg slikkede den så godt jeg kunne.

Hendes lår knuste mit hoved, da jeg nåede orgasme.

Hurtigt skiftede en ny pik den og arbejdede sig ind i min mund.

Jeg forestillede mig en række mennesker, der stod i kø ved hver af mine attraktioner og ventede på deres tur.

Jeg indså, at jeg havde mistet al forbindelse mellem disse seksuelle organer og de mennesker, som de var knyttet til.

Blindfoldet havde fjernet alt undtagen min evne til at mærke, hvad der skete.

Jeg måtte indrømme, at fra det øjeblik, jeg gik ind i det rum, havde jeg hemmeligt håbet på, at sådan noget kunne ske.

Sandheden var, at siden Joanna først vækkede min klit med sine fingre, havde hun været i en tilstand af konstant ophidselse.

Tilsyneladende havde manden, der kneppede mig, endelig nået point of no return.

Han tog fat i mine hofter og tog kommandoen over mine bevægelser.

Sekunder senere mærkede jeg, hvordan store sædstråler blev sendt fra hans pik ind i mit indre.

Så lagde han sig ved siden af mig, og jeg mærkede hans pik bløde, langsomt komme ud af min røv.

Umiddelbart efter var han væk og efterlod min bagende fri.

Munden på min højre mese blev erstattet af en anden stærk hånd. Nu blev mine bryster masseret som et hold.

Pludselig forsvandt en af hænderne.

Sekunder senere bemærkede jeg noget i mit bryst, i dalen dannet af mine to bryster.

Det var en hånd, en hånd smurt med en slags glidecreme.

Han gik over mine bryster igen og igen og smurte dem med den slimede væske.

Nogen kom på min mave, klatrede op på min krop og placerede en hård pik mellem mine smurte bryster.

Hans hænder sluttede sig til mine bryster og forvandlede dem til en fisse, der var klar til at blive kneppet.

Mandens hofter begyndte at bevæge sig frem og tilbage i en vanvittig fart.

Hanen i min mund forsvandt uden at skyde sin ladning ned i halsen på mig, og hanen i min hånd blev erstattet af en brændende fisse.

Nogen kyssede mig på munden, tror jeg en kvinde, der snoede tungen ned i halsen på mig.

Jeg kunne mærke sæden dryppe fra min røv og min fisse.

Hanen, der kneppede mine bryster, øgede sin hastighed.

Nogen løftede mine ben og blottede min fisse.

De piskede mig hårdt i røven ti gange, mens den ene hånd tog en plads på min fisse og onanerede mig.

Hanen på mit bryst begyndte at spytte sæd med kraft.

Den ramte mig i ansigtet og faldt så dryppende af hende.

Han må også være nået frem til kvinden, der kyssede mig, men det forhindrede ham ikke i at stikke tungen ind i mig et eneste sekund.

Det allerede slappe medlem flyttede væk fra mine bryster.

Kyssemunden bevægede sig også væk, ligesom fingeren fra min klit.

Et øjeblik lå jeg bare der, udmattet.

Et minut senere blev bind for øjnene fjernet.

De gav mig et håndklæde, og jeg tørrede mig forsigtigt af med det, mens jeg så den forsamlede gruppe.

Blandt dem var Paul, min kæreste, som også havde deltaget.

Jeg indså, at jeg ikke havde genkendt ham blandt alle de mennesker, der gav mig non-stop fornøjelse.

"Nu vil du takke hver og en af os for at have givet dig sådan en behagelig tid" sagde moderatoren til mig "Men du vil gøre det på en meget speciel måde."

Få øjeblikke senere kyssede han hver af kvindernes fisser.

Så puttede jeg hver af mændenes haner i munden og takkede hver af dem.

Lige da åbnede døren sig.

"Hvor er alle?" "Sagde den nytilkomne" For fanden, jeg tror, jeg har det forkerte værelse !

UNDERDANIG LATINSK KVINDE

Juliet modtog yderligere instruktioner i et brev.

Det var en hvid konvolut med "Fortroligt" skrevet med fed skrift.

Julies ben begyndte at vakle, før hun kunne åbne konvolutten.

Han huskede at snakke med Paul i går aftes.

Hvad bliver din næste dristige plan?

Fra deres forhold i løbet af de sidste par måneder, fik hun ny indsigt om sig selv og sin seksualitet.

Før Paul blev introduceret, troede han, at han vidste meget om sex.

Men siden hendes forhold til Paul var hun begyndt at gøre mange ting, som hun aldrig havde forestillet sig før.

Hun havde glemt mange af sine misforståelser om sig selv.

Før hun mødte Paul, troede hun, at hun var fuldstændig tilfreds med sex.

Men hun indså hurtigt, at hun ikke var tilfreds med det, hun lavede.

Han havde bind for øjnene til hende under deres anden date.

Julieta ville aldrig have forestillet sig, hvor følsom vores krop kan blive, når vi ikke kan se.

Hvert lem var asymptomatisk ved berøring, og hun blev overvældet af nysgerrighed efter at vide, hvilket punkt der ville blive rørt ved det næste på hendes krop.

Han følte, at hver berøring af hans krop skulle vare evigt, og han kæmpede for at nyde hver berøring.

Næste gang bandt Paul sine lemmer til sengen.

At føle, at vi er hjælpeløse følelsesmæssigt, når vi ser vores egen nøgne krop, vores partner nyder det, og vi ikke kan gøre noget, vi kan ikke modstå, vi kan ikke undgå noget selv, denne følelse er meget anderledes.

Du bruger hendes smukke, ungdommelige krop, som du vil, foran dine øjne ... og du vil bare mærke, hvad den vil gøre ved dig.

Blandede følelser af hjælpeløshed og spænding.

De spillede disse nye spil konstant, og hun nød alle disse spil i fulde drag og satte pris på Pauls kreativitet.

Interessant nok gav Juliet, som mente, at hendes natur var aggressiv og dominerende, nemt op på Paul i romantikken.

Ikke nok med det, hun elskede at give sig selv fuldstændig, give ham sin krop, gøre hvad han ville gøre, gøre hvad han sagde til hende.

Hun begyndte at føle, at nogen skulle dominere hende, få hende til at gøre hvad som helst.

Denne ændring i hendes natur havde overrasket hende.

I aftes havde Paul sagt, at morgendagens vovemod ville være kulminationen på spillet indtil videre.

"Du hører alt, hvad jeg siger, ikke?" Han havde spurgt.

Underkastelse var kommet til hende bare ved at spørge.

"Ja, Herre, jeg vil gøre, hvad du siger til mig," svarede hun stille.

Hun kunne tale meget sagte, men denne opdagelse begyndte først, da hun mødte Paul.

"Nå, i morgen vil du modtage et brev på dit kontor. Det brev vil indeholde yderligere instruktioner til dig."

... og nu havde han virkelig det brev i hånden!

Med skælvende hænder brød han forseglingen på brevet.

Hvad skulle der stå på den?

Hvad bliver Pauls næste dristige plan?

Hvad skulle jeg gøre for ham i dag?

Lidt bange, også lidt flov, begyndte hun at tage det hvide papir frem inde i konvolutten, se og læs ...

"Slave

1. Gør dig klar til vores kamp i aften klokken otte, vær modig.

2. Du skal klæde dig sådan her: bløde røde bukser, matchende bluse, matchende trusser-bh, guldøreringe i ørerne, sølvbælte og højhælede sko.

3. En Mercedes henter dig klokken otte. Chaufføren ved, hvor han skal hen. Han vil give dig flere instruktioner senere. Ligesom du følger mine instruktioner nu, skal du også følge hans instruktioner om natten.

4. Derudover tager du ikke andet, da du ikke får brug for det. Du behøver ikke en taske eller andet. "

Julietas bryst bankede af spænding, indtil hun var færdig med at læse instruktionerne.

Ophidset over, hvad der ville ske i dag, begyndte hun at blive våd.

Paul, en dresscode, klokken otte om natten, Mercedes-chauffør ... intet mere.

Han formåede altid at distrahere hende på arbejdet.

Lidt skræmmende, lidt spænding, lidt sjov, en masse nysgerrighed ...

Indtil nu, hvor dristige deres spil end var, var de blevet spillet på 'private' steder.

Nogle gange i Julies hus, nogle gange i Pauls lejlighed og en gang på et hotel.

Men hun ville overgive sig til Paul alene ... men i dag ville hun møde en tredje person, chaufføren af den Mercedes!

Har Paul givet chaufføren nogle dristige instruktioner?

Paul sagde, du skal adlyde alt, hvad chaufføren siger ...

Hvad sker der, hvis chaufføren beder hende tage sit tøj af i bilen?

Eller hvis han beder hende om at kysse ham, der sidder i bilen?

Eller hvis du vipper den under kørslen ... ??? Åh gud

Hvorfor bekendte hun alt dette for Paulus?

Begik hun en fejl ved at stole så meget på ham?

På den ene side troede hun, med sådanne tvivl på sindet, også, at Paul ikke ville tillade, at der opstod en situation, der ville bringe hende i fare.

Hun smilede for sig selv og indså, at tanken om, at chaufføren skulle tvinge hende til at klæde sig af, var lige så skræmmende, som den var spændende.

Klokken otte havde Juliet på- og afklædt sig tre gange.

Først havde han røde bukser på, men det var ikke blødt.

Jeg ser godt ud som dette, hvorfor skulle jeg være så meget opmærksom på ham ...

Mens han sagde dette, uden at være klar over det, havde han fjernet sine bukser og ledte efter en blødere rød.

Så begyndte han at lede efter guldøreringene.

Han havde aldrig haft en chance for at bære disse øreringe, da han plejede at bære jeans og en T-shirt, men Paul havde sagt en eller to gange, at han kunne lide dem meget.

Mærkeligt nok huskede hun ikke, hvornår hun havde fortalt Paul, at hun havde et sølvbælte.

Men han havde skrevet det samme i sit brev, så det må han have vidst, det er helt sikkert.

Mens han mentalt værdsætter hans intelligens ...

... Klokken slog otte, og en bil dyttede på vejen.

Julieta løb ned ad trappen og kiggede gennem kighullet i hoveddøren.

Foran porten stod en lang sort Mercedes.

Hun trak sin taske af skulderen og smed den på sofaen i gangen, låste hoveddøren, låste porten op og gik hen til Mercedesen.

Den uniformerede chauffør åbnede bagdøren for ham.

Chaufføren var midaldrende og uddannet i udseende.

Hun sad inde og spekulerede på, om han allerede ville give hende nogen instruktioner.

chaufføren lukkede meget høfligt døren, satte sig ned og startede motoren.

Som forventet var det virkelig behageligt at køre i en Mercedes, men han så ikke ud til at have noget imod det.

Nu vil denne chauffør fortælle dig, hvad du skal gøre, hvordan og hvis du virkelig vil adlyde, hvad han siger ...

Mange af de tanker svirrede i hans sind.

Mercedes'en susede gennem byens travle gader.

Lidt efter lidt blev den omkringliggende trafik mindre tæt, og han indså, at de havde forladt byen og gået ind i industrizonen.

Fabrikkerne og kontorbygningerne på begge sider af den smalle gade virkede ikke bekendte.

Pludselig bremsede chaufføren Mercedesen og kom ind i et parti, der så ud til at være forladt.

Selvom køretøjets hastighed var langsom nok til at komme ind fra hovedvejen, var den ikke langsom nok til at læse bogstaverne på skiltet uden for pakken.

Inde på plottet ser Juliet en Vigilantes hytte med en gammel, forfalden dør.

Chaufføren standsede bilen og steg ud.

Han kom tilbage og åbnede døren for Juliet.

Så snart hun kom ud, lukkede han døren og greb hende om nakken og førte hende til den sammenstyrtede Vigilante-hytte.

Juliet havde endnu ikke hørt chaufførens stemme.

Den fire gange fire fods kabine havde en tæller foran.

Den unge mand, der sad ved skranken, sagde til chaufføren:

"Tak ven, vi ses næste gang."

Chaufføren smilede bare og vendte hurtigt og gik.

Nu var Julieta alene foran den ukendte, men smukke unge mand.

Der var noget magi i hans smil.

"Juliet, hedder du ikke? Følg mig," beordrede den unge mand.

Juliet fulgte ham forsigtigt.

De to kom ind i et kontorlignende rum bagerst i den halvødelagte bygning.

Der var ikke andet på værelset end et bord og stole i hjørnet.

"Er du klar til dagens unikke eventyr Juliet?" spurgte han og blev alvorlig.

"Uhm? Måske ..." sagde Juliet og blev lidt nervøs.

"Nå," sagde han og smilede mystisk, "til alle, der giver dig instruktioner i aften, vil du følge dem nøje. Uden tvivl ... og uden at spørge nogen. Nogle af forslagene vil være mærkelige eller mærkelige, men tro mig, du vil blive gladere. hvis du følger instruktionerne. Så gør hvad du får besked på, uden skam, frygt eller frygt."

"Okay. Hvad skal jeg gøre?" spurgte Juliet bestemt.

Da han så på Julies sexede krop, sagde han:

"Hør så. Tag først tøjet af."

"Alle?" spurgte Juliet tøvende.

"Nej," sagde hun med et drilsk smil, "tag alt af undtagen trusserne, øreringene, sølvbæltet og hælene."

Juliet vidste ikke, om hun havde hørt instruktionerne korrekt.

Han havde givet ham instruktioner i meget klare ord og med hævet stemme.

Juliet følte dog, at han ikke havde været i stand til at sige noget af det.

Selv efter at have fordøjet hans forslag med stor indsats, ventede hun stadig på, at han skulle forlade rummet ...

Hun mente, at hun i det mindste skulle vende ham ryggen.

Selvfølgelig vidste Juliet, at hun forventede meget, men alligevel ...

I et anfald af raseri trak han sine bukser ned og lod sit bælte på.

Hun knappede den første knap op på sin bluse og så på ham for at vise ham, at du ikke er mindre i denne situation.

Men så snart hun bemærkede, at hendes blik gled ned, da hun fjernede en anden knap, så hun uforvarende ned på sig selv.

Hun var flov over at se den meget stramme, bløde lyserøde bh, der var tydeligt synlig, efter at to knapper kom fra toppen.

Hendes kødfulde, bløde bryster kæmper for at komme ud af ham.

Ophidset begyndte hun at trække vejret hårdere og hårdere, og hendes i forvejen fyldige bryster så ud til at svulme op.

Uden at spilde mere tid knappede hun alle de manglende knapper op på sin bluse.

Så snart han trak bukserne af hendes fødder, kiggede hun på ham og trak sin bæltestramte bluse af med begge hænder.

Derefter skubbede hun dem tilbage og pustede selvfølgelig hendes store og smukke bryst endnu mere op, og hun fjernede også bh-krogene.

Men i nogle øjeblikke forblev hun i samme stilling og så på ham.

Han trådte frem og så på hendes hævede bryster.

Juliet indså, at der ikke var nogen flugt, himlede med øjnene, tog en dyb indånding og fjernede langsomt sin bh med begge hænder.

Hun havde ikke modet til at se ham i øjnene nu.

Og så indså han, at han stadig ventede på, at hun skulle komme ud eller vende ham ryggen.

Men hun kunne selv have vendt ryggen til, da hun klædte sig af foran denne mærkelige unge mand!

Men hun havde frækt taget tøjet af et efter et foran ham ...

Hun var endnu mere flov over denne tanke.

"Fold dit tøj og læg det på bordet," kom Julieta til bevidsthed ved sit næste forslag.

Hun åbnede øjnene, men undgik hans blik, tog hun bukserne, blusen og bh'en, der trillede ned af hendes ben, og gik hen til bordet.

Hun foldede dem forsigtigt sammen, lagde dem på bordet og stillede sig foran ham, men ikke langt efter.

"Vend dig nu om og stå med begge hænder tilbage," instruerede han igen med alvorlig stemme.

Nu vendte hun ryggen til og spekulerede på, hvad det skulle være for noget, hun vendte sig og viftede med begge hænder tilbage, som om hun var blevet meget doven.

Hun nikkede og mærkede, at han kom hen mod hende.

Hendes sarte håndled blev rørt af koldt metal, da hun tænkte på, hvad der nu ville ske.

Hvad er det for noget nyt, spurgte hun, indtil noget klikkede, og begge hænder blev fanget i den samme stilling, som han havde fortalt hende.

Åh gud. Du er her et ukendt sted, med en ukendt mand, i dette øjeblik, i sådan en tilstand ... og nu så forsvarsløs !!

Lidt tøj på kroppen, ingen telefon i nærheden, ingen taske ...

Hvad skulle de bruges til?

Begge hænder var fanget i lænker bagfra.

Paul er ikke i sigte.

Og denne mærkelige, men smukke unge mand kommer så tæt på dig ... dum!

Du er dum, Juliet.

Hvorfor tror folk så blindt?

Og det også i en person som Paul ... hvor godt kender du ham?

Hvad vil der ske med dig nu.

Åh gud, hvad gjorde jeg...

"Kom nu," sagde han og ventede ikke på, at hun skulle gå, men holdt fast i hendes lænker og gik hen mod døren.

Det nyttede ikke noget at protestere.

Så snart hun var ude af døren, fejede et brag af kold luft ind over Juliet og tårer væltede frem i hendes øjne.

Han gik med tunge skridt.

Han slæbte hende næsten ind på den mørke parkeringsplads.

I sådan en halvnøgen tilstand følte han også støtten fra det mørke, men ...

Men hvad er det her?

Skammen over hendes egen halvnøgne krop, over hendes egen hjælpeløshed, over det ufrivillige selskab med denne unge fremmede, mens hun var bange, ophidsede hende også hjælpeløst.

Hun skammede sig over at mærke de søde fornemmelser, der fandt sted, dækket af det eneste tøj, der var tilbage på hendes krop.

Hun vidste ikke præcis, hvad du tænkte.

Selvom hendes krop var kold, følte hun sig varm, da hun forlod rummet og ind på parkeringspladsen, med berøring af hendes krop, mens hun gik, og det stærke greb fra bøjlen.

Hendes mørke chokolade brystvorter strammede og begyndte at gøre ondt af den kolde luft.

Det så ud som om han holdt stangen med begge hænder meget stramt ... men hun havde begge hænder fanget bag ryggen.

Og hvad ville der så ske med ham, hvis han havde begge hænder fri.

Hvis han klemte hendes stive brystvorter med samme kraft, som han holdt sin vægtstang ...

Juliet var frygtelig overrasket over sine egne tanker.

Hvad tænkte du på for et øjeblik siden?

På grund af denne hjælpeløshed, skammen, havde tårerne lige nået hendes øjne.

Nu skulle berøringen af denne ukendte mands stenede hånd røre vores mest intime del, tanken ... eller ønsket ...

Gud!

Hvad skete der med mig

Hvilke tanker kommer til at tænke på?

Paul, hvor er du, ond?

Du ... du gjorde mig sådan her!

Vil jeg være i stand til at se mig i spejlet i morgen eller ej?

Der var en lille port for enden af parkeringspladsen.

Den fremmede åbnede døren og skubbede Juliet ind.

Det var som et stort tomt kammer.

Julieta kneb øjnene sammen og forsøgte at se sig omkring, men det hele var mørkt bortset fra lampen, der hang midt i rummet.

Han trak hende op igen og placerede hende under lampelyset.

Hendes smukke krop, som havde været dækket af mørke så længe, blev blotlagt igen.

Flov og pludselig lyset i øjnene tørrede hun øjnene hårdt.

Et par øjeblikke gik i ekstrem stilhed.

Der er ingen bevægelse, der er ingen bevægelse.

Gad vide om han efterlod mig her...

Hun mærkede hans berøringsbørste på hendes lineære talje.

En eller to gange bevægede berøringen sig langsomt fra begge sider af hendes talje til hendes armhuler og gled så ned og gled ned ad kanterne af hendes trusser.

Julieta tørrede sine øjne hårdt, som om hun vidste, hvad der nu ville ske.

Fingrene på begge hænder trak ned i kanterne af hendes lyserøde trusser.

Hendes trusser fangede, da de nåede hendes lår.

Med hænderne bundet bag ryggen kunne han ikke gøre noget.

Fingrene på hans venstre hånd kom frem bagfra med autoritet og begyndte at sænke forsiden af hendes trusser, klemte dem og rørte ved hendes våde skede.

I det næste øjeblik faldt det sidste tøj på hans krop, selvom det kun var nominelt, for hans fødder.

"Læg dem til side," lød hans kraftfulde stemme gennem det tomrum.

Han slap hendes ben fra hendes trusser uden at tænke sig om.

Nu var hun helt nøgen, nøgen, nøgen.

For ikke at nævne, var der et par ting tilbage på hendes smukke krop: øreringe, et sølvbælte og høje hæle.

Selvfølgelig tjente intet af dette til at undgå forlegenhed, men hun begyndte at tænke på sig selv, da hun stod over for den situation, hun var i.

"Bliv stille der," sagde hun og gav den næste ordre.

Selvom Juliet åbnede øjnene nu, ønskede hun ikke at adlyde ham.

Mens han tænkte over, hvad han lavede, hørte han ham skubbe til noget.

Hun kiggede til højre og så ham.

Han skubbede noget med hjul mod hende.

Det var et bord.

Bordet var nogenlunde talje højt.

Læderstropper blev spændt hen over bordet.

Han bragte bordet lige foran hende.

Så kredsede han om hende igen, skubbede hende frem og bøjede hende hen over bordet.

"Spred dine fødder, Juliet," beordrede han.

Hun bevægede lydigt begge ben lidt hver til siden.

"Mere stadig," råbte han, og hun stod med begge ben vidt åbne.

Nu rørte hendes våde skede læderet på bordet.

Så snart hendes ben mødte bordbenene, bandt han begge hendes ben fast med læderremmene.

Nu var det umuligt for ham at bevæge sig.

Han omringede hende og befriede hendes hænder fra lænkerne.

Han smilede og stillede sig foran hende.

Mens hun så på sin nøgne krop, faldt Julies øjne automatisk ned i forlegenhed.

Han blev ved med at give ordrer.

"Rejs dig ned og rør dine tæer."

Da hun lænede sig ned, lænede han sig frem og bandt hendes hænder til hendes ben.

Uanset hvor modig hun var, var Juliet rædselsslagen over denne tilstand af hjælpeløshed.

På dette tidspunkt var hun ude af stand til at bevæge sig på egen hånd.

Hendes våde skede og fulde balder var helt blotlagt foran 'den' fremmede.

Ikke kun det, men hendes skede, og endda hendes røvhul, må have været synlig for ham nu.

Hun prøvede at kontrollere sit åndedræt og spekulerede på, hvad han så ville gøre.

I et øjeblik mærkede hun ingen bevægelse fra ham, men så indså hun, at han var meget tæt på hende.

Og på samme tid følte han en meget velkendt berøring, men på et uventet sted ...

Vaseline! Ja, det var vaseline.

Han gned vaselin ind i hendes bagerste hul med en belagt finger.

Han spredte det rundt om hende i et stykke tid og førte derefter sin finger ind i hendes anus.

Juliet holdt vejret et øjeblik.

Før hun mødte Paul, var hun ikke klar over, at hendes analhul kunne bruges til andet end normalt.

Hun plejede at blive ked af det, da hun så analsex i en pornovideo med Paul.

Han råbte ad Paul og tvang ham til at passere stedet.

Men da han havde bundet hendes arme og ben til sengen og lært hende typen af dominerende køn, havde han sat en gummiprop ind i hendes anus, trods hendes modstand.

Juliet, som oprindeligt skreg, accepterede denne form for sjov på ingen tid.

Efter det, hver gang Paul kom ned for at slikke hendes skede, begyndte hun at tigge ham om at stikke mindst en finger ind bag hende.

Faktisk kunne Paul virkelig godt lide at gøre det sådan her, men bare for at irritere Juliet plejede han at minde hende om sin afvisning og afsky ...

Men i dag, da fingeren på denne ukendte mand frit cirkulerede gennem hans skridt og anus, havde han mange følelser på hjerte.

Hun var vred over sin egen hjælpeløshed.

Den ubudne gæst irriterede ham for den åbenlyse fremrykning.

Hun hadede Paul for at sætte hende i sådan en situation.

Der var tårer i hendes øjne af smerte, da hendes finger trængte ind.

Og samtidig blev hun ophidset, da hun indså, at en fremmeds finger bevægede sig i hendes anus et fremmed sted.

Efter at have skubbet sin finger ind og ud af hendes hul i et stykke tid, førte han med magt en tyk gummiprop ind i hendes hul.

Selvom vaselin reducerede ubehaget noget, var størrelsen af proppen meget større end størrelsen på dens hul.

Men Juliet kunne ikke gøre andet end at protestere.

Juliet prøvede at stoppe med at græde og tage en dyb indånding i det øjeblik ...

Da stikket var sat helt i, slog han hårdt på hendes ømme røv og trak sig væk fra hende.

Julies bogstaveligt talt dæmpede skrig fulgte lyden af "knækket", der gav genlyd i hele rummet.

På dette tidspunkt blev han meget vred på Paul.

Han skal have fortalt den fremmede flere ting, der er meget private mellem dem to.

Selvfølgelig!

Desuden, hvordan kunne denne mand vide, at Juliet, som altid har ansvaret på arbejdet, kan lide at blive domineret i sex?

Selvom hun græd, da hendes finger bevægede sig hen over hendes anus, må hun have vidst, at hun elsker at blive stukket med fingeren.

Og nu, uden at bekymre sig om den fysiske smerte, hun gik igennem, og uden at forudse, hvad hendes reaktion ville være, var hun overbevist om, at Paul måtte have fortalt hende alt på grund af den kraft, han havde slået hende med.

Paul havde også lært hende tricket med at lindre ekstrem smerte.

I omverdenen kunne Juliet ikke holde ud den høje stemme fra manden foran hende.

Men i denne private verden var hendes største fantasi, at nogen kunne torturere hende, tvinge hende fysisk.

Ved at udnytte denne information blev han vred og samtidig meget ophidset, da han indså, at denne mand legede med sin krop.

Med alle disse tanker på hjerte fortsatte han dog med at kaste en pisk efter hende.

Hendes blege balder var nu rødlige som kirsebær og varm som fanden.

Efter ti-femten slag smed han pisken til side og begyndte at slå Julies rødlige balder.

Efter megen tortur begyndte Juliet at ville kramme ham.

Han stoppede og stillede sig foran hende, lige da hun ville have hans hænder til at bevæge sig tilbage dertil lidt endnu.

Han lænede sig ned og slap hendes hænder og rettede hende op.

Han tog hendes sarte hånd i sin og løftede hende op.

Juliet så et stærkt reb dinglende fra oven.

Han bandt omhyggeligt begge hendes hænder og viklede dem ind i rebet.

Han gled og faldt til siden.

Rebet blev bundet over broen fra taget.

Han løsnede rebet fra dets greb, tog det i hånden og begyndte at trække hårdt i det.

Julies krop blev trukket op og hejst med rebet, der trak hendes arme.

Juliet lod ham trække i hendes krop uden nogen modstand.

Han fortsatte med at trække i rebet, indtil han løftede hende i begge hæle.

Nu stod Juliet på tæerne af sine høje hæle og svingede med kroppen, men dinglede ikke.

Han bandt enden af rebet igen og stillede sig foran hende.

Julies hele bryst var nu oprejst, da hun havde begge arme løftet.

Når hun ser ned fra oven, så hendes egne brystvorter også lidt for vinklede ud.

Og så snurrede han fingrene hen over de mørke rande omkring hendes brystvorter, greb han pludselig begge spidse brystvorter med et klem og trak hårdt.

Juliet skreg villigt og snublede, hvor hun stod.

Hendes lår var også begrænsede i hendes bevægelser, da hendes ben var bundet forneden og hendes hænder øverst.

Han fortsatte med at trække og løsne hendes brystvorter med sine fingre.

Langsomt begyndte Juliet at blive ophidset igen.

Hun tørrede øjnene, trak nakken tilbage og bevægede sin krop mod ham.

Det var, som om han ville have den smertefulde knivspids igen og igen.

Derfra tog han en lille mængde rød creme på fingrene.

Forsigtigt gned han salven rundt om hendes brystvorter.

Han dyppede fingrene i tuben igen og øsede noget mere creme ud.

Nu kom hans hånd ned og begyndte at røre ved hendes skede.

Da han fandt hendes skede gennem hendes fine hår, smurte han cremen der også.

Så kom han tilbage og gned den cremefarvede gummiprop på hendes anus.

Julieta var meget begejstret over berøringen af den kolde creme på hendes tre 'private' organer.

Men efter et par sekunder begyndte den kolde creme at varme hende op.

Og så småt begyndte det at klø på det sted, hvor han påførte cremen.

Hun var ivrig efter, at nogen skulle klemme hendes bryster.

Hun forsøgte at frigøre sine hænder for at trykke på sine egne bryster, for at stramme sine egne stive bånd.

Lige nu havde hun brug for sine stenede fingre, på sine slikkede brystvorter og sin kløende skede ...

Og samtidig mærkede han berøringen af det vibrerende objekt.

Paul havde givet hende en medium vibrator, men til dato har hun aldrig brugt den alene.

Paul plejede at arbejde med vibratoren alene med hende.

Men nu virkede vibratoren, som var trængt ind i hendes kløende skede, for stor.

Ydermere føltes dens vibrationer meget stærkere, end jeg havde forventet.

Selvom begge ben var bundet, strakte hun sine lår for at give så meget plads som muligt til vibratoren.

Han kravlede en tomme og forudså hendes sarte skede.

Juliet var dog så tændt af cremen og situationen generelt, at hun skubbede hele kroppen frem og forsøgte at få vibratoren indenfor.

Da han tog den tykke vibrator i sin helhed, stod han og rystede og nød dens vibration.

Begge ben bundet.

Jeg skyder op med begge hænder bundet.

På et så ukendt sted mærkede Juliet livsglæden hænge fuldstændig forsvarsløs, nøgen, ophidset foran en fremmed.

En stram prop i hendes anus og en vibrator, der fylder hendes vagina.

Bryster tændt af den røde creme på toppen.

Hun ønskede oprigtigt, at den fremmede skulle bide hende, bide hende og knuse hendes fyldige, kødfulde balder.

Han følte det, som om de to genstande i begge huller var trængt dybt ind i hans krop.

Han var aldrig holdt op med at skubbe vibratoren ind, men Juliet forsøgte selv at få ham ind.

Han lukkede begge huller, trak håndled og ankler til spændingspunktet, strakte hele kroppen og nåede med et højt råb lykkens klimaks.

For første gang i hans liv varede det øjeblik længe.

Musklerne i hendes anus begyndte at stramme sig, mens hendes skedemuskler begyndte at svækkes.

Og inden den første bølge af ophidselse aftog, stivnede hendes krop igen.

Hun oplevede en anden orgasme i træk på grund af gummiproppen indsat i hendes anus.

Hun oplevede ekstrem smerte og glæde på samme tid.

Langsomt begyndte hendes krop at synke, og hun lukkede øjnene.

Hans ansigt hvilede på hans bryst i en hængende stilling.

Han lænede sig frem og trak vibratoren ud af hendes skede.

Det tog et stykke tid for hendes krop at komme sig.

Så samlede han en smule styrke, løftede nakken, åbnede øjnene og ...

... alt lys i rummet var tændt.

Under hendes blik så hun omkring femten stole, kun ti fod fra hende.

Hun stirrede vantro på stolene og selvfølgelig på de mennesker, der sad i dem.

Der var mænd i trediverne og halvtredserne ... og der var kvinder.

De så alle på Juliet med glæde og beundring.

Paul sad i den sidste stol og kiggede stolt på hende.

Jeg var glad for at se Paul.

Men så huskede han sin egen tilstand og den seneste 'eksponering'.

Flov sænkede hun nakken, men kunne ikke bevæge sine hænder for at dække sin nøgne krop.

Og hvad skulle han skjule fra nu?

Efter at have set hele 'showet'...

Med alle disse tanker kørende gennem hendes hoved, mærkede hun penslen af koldt vand bag sig.

Den fremmede, der havde leget med hendes krop så længe, var ved at 'køle' hende med et vandrør i hånden.

Hun havde intet andet valg end at lade ham bade hende med bundne arme og ben.

Han vendte hendes nøgne krop og badede hende helt fra top til tå.

Først resterne af vipperne på hendes balder, derefter gnidningen af hendes arme og ben fra bandagen, brysterne og brystvorterne, der hævede fra cremen og dens håndtering, i begge hendes sarte porer, hvorfra hun fik et uventet anfald fra begge retninger, og over hele hendes unge og ømme krop.

Jeg havde virkelig brug for det kolde vand!

Da hun var helt gennemblødt, lukkede hun for hanen og trådte frem for at løsne grebet om benene.

Julieta spredte sine lange ben og prøvede at rejse sig op.

Så løsnede han rebet, der hang ovenover, og slap hendes hænder.

Han lod hende være alene et øjeblik og nærmede sig hende igen.

Han trak bagbordet op og fik Juliet til at sidde på det.

Der var ingen styrke i hans krop, der var intet ønske i hans sind om at modsætte sig nogen af hans handlinger!

Han lagde hende på bordet og bandt hendes hænder.

Denne gang viklede han stropperne om hendes lår uden at binde hendes ben ved anklerne.

Julietas skede var nu mere åben end før, med stropperne fastgjort til kroge på hver side af bordet.

Nu var hendes lyserøde skede synlig foran hende, og gummiproppen i hendes bagerste hul var også synlig.

Han efterlod hende i den tilstand et stykke tid.

Nu fik tanken om, at folk sad i rummet og stirrede på hende, hende flov og også ophidset.

Hun huskede, at Paul også var omkring hende, lænede sig tilbage på bordet og ventede på det næste angreb ...

Og så mærkede hun den velkendte berøring af vibratoren ... først på hendes ben, så hendes fyldige lår, så hendes flade mave, omkring hendes hule brystvorter, og så langsomt bevægede sig opad på begge bryster, på hendes stramme brystvorter.

Han kunne ikke tro, at han kunne blive ophidset igen på så kort tid.

Han mærkede udflådet fra hendes skede dryppe fra hendes udmattede lår til hendes egen anus.

Og hun blev overvældet af synet af femten eller tyve fremmede, mænd og kvinder, der stirrede på hende.

Bekymret begyndte hun at udtale:

'Ah ah!'

Pludselig gik vibratoren af.

Julies ophidselse var ikke længere i hendes krop.

Hun begyndte at skrige højt, skrige og kalde på den fremmede om at komme hen og fortsætte med at stryge hende med vibratoren.

Der må være gået et par sekunder, og så mærkede hun en meget ukendt og uventet berøring mellem sine to lår ...

Overrasket kiggede hun derhen og så, at den unge fremmede bevægede sin lange tunge over hendes skede.

Hun smilede og så på ham, lænede sig så tilbage på bordet og slappede af i sin krop.

Han var ikke længere fremmed for hende.

De andre mænd og kvinder i rummet eksisterede ikke for hende.

Han havde ikke engang tanker for Paul i hovedet.

Da han mærkede berøringen af den unge mands lange, stærke tunge, rullede han med øjnene og lagde sig ned.

Under den næste orgasme holdt hun et stort smil på læben.

Hvor længe hun slikkede sig i skeden, hvor længe hun lå på bordet, vågen eller sov ... jeg havde ingen mulighed for at vide.

Det eneste hun vidste var, at de to var alene i rummet igen, hendes lemmer var frie, gummiproppen var blevet fjernet fra hendes anus og placeret ved siden af bordet, og den fremmede, der havde givet hende sit livs største orgasme uden samleje stod han høfligt foran hende.

Han rejste sig langsomt og rejste sig fra bordet.

Han havde sit tøj i hænderne.

Nu, mens hun klædte sig på, lænede han sig mod hende ... ikke for at gøre hende forlegen, men for at knappe hendes stramme bh.

Han hjalp hende også venligt med at blive færdig med påklædningen.

Efter påklædning førte han Juliet tilbage til Watcher's hytten.

Den samme sorte Mercedes stod foran.

Mercedes-chaufføren åbnede døren for hende og stoppede forventningsfuldt.

Julieta smilede, da hun huskede chaufførens venlighed.

Han vendte sig om og spurgte for første gang siden han mødte den 'fremmede',

"Hvad hedder du?"

Han smilede.

Han tog hendes hånd og klemte den nærmere og sagde:

"Mit navn er ikke vigtigt."

Så smilede hun bare og sagde "Tak" og begyndte at gå hen mod bilen.

Paul ventede på hende på bagsædet af bilen.

Så snart han kom ind, krammede Juliet Paul i hendes arme.

Paul klappede ham kærligt på hovedet og gjorde tegn til chaufføren om at starte bilen.

Den sorte Mercedes begyndte igen at løbe gennem industriområdets smalle gader mod den travle by.

Paul tog et videokamera, som han havde lagt til side og holdt skærmen tæt ind til Juliet og sagde:

"Alt, hvad du har gjort, siden du steg ud af bilen ... eller alt, hvad der er blevet gjort mod dig, er i denne video. Hvor er du modig."

Juliet slappede af i hans arme.

Smilet på hendes ansigt og tilfredsheden talte til hende uden at behøve at sige mere.

Paul lod hende slappe af i bilen, klappede hende igen og stirrede på båndet af hendes mod.

Dagens plan var en succes.

Jeg var glad og spændt på, at jeg snart ville være klar til et fantastisk næste eventyr ...

ENDE